나에게 잡히지 말아라

완전범죄 추리소설
나에게 잡히지 말아라

초판 1쇄 인쇄일_2014년 10월 14일
초판 1쇄 발행일_2014년 10월 21일

지은이_이승욱
펴낸이_최길주

펴낸곳_도서출판 BG북갤러리
등록일자_2003년 11월 5일(제318-2003-00130호)
주소_서울시 영등포구 국회대로 72길 6 아크로폴리스 406호
전화_02)761-7005(代) | 팩스_02)761-7995
홈페이지_http://www.bookgallery.co.kr
E-mail_cgjpower@hanmail.net

ISBN 978-89-6495-074-6 03810

이 도서의 국립중앙도서관 출판시도서목록(CIP)은 e-CIP홈페이지
(http://www.nl.go.kr/ecip)와 국가자료공동목록시스템(http://www.nl.go.kr/kolisnet)에서
이용하실 수 있습니다.(CIP제어번호 : CIP2014028448)

완전범죄 추리소설

나에게
잡히지
말아라

이승욱 지음

B⋮G 북갤러리

이 책을 이 세상에서 범죄로 인하여 심리적, 또는
신체적으로 상처를 입은 모든 피해자들에게 바칩니다.

서문

독자분들에게 처음 선보였던 《잠자리 머리핀》이라는 작품과는 전혀 다른 추리소설 《나에게 잡히지 말아라》는, 필자에게는 또 하나의 도전이었습니다.

필자는 이번 작품을 쓰기 위해서 각 구성에 맞는 창작성을 살리려고 때로는 아무도 없는 빈집(폐가)에 들어가 보기도 했으며, 접근하기 어려운 공장의 폐기구들을 유심히 살피고 또 그것들을 찾기도 했습니다.

누구든 스릴러나 추리소설을 읽을 때 뒤에 나오는 결말을 상상하고, 때로는 독자의 그 상상이 맞을 것이라고 생각하고 또 현실적으로 그러하기를 바라는 독자도 있습니다.

그러나 이 소설 속에는 다른 경이감과 공포감을 갖추면서도 처음 글을 읽는 순간부터 끝까지 독자들께서 상상하는 결말과는 전혀 다른 결말을 맺습니다. 물론 작가의 필력을 높이려 노력하였고 소설의 긴장감과 몰입도를 높이기 위해 주인공의 심정을 여러 각도로 표현하기도 했습니다.

　요즘은 수준 높은 독자분들이 많은 까닭에 작가들의 글쓰기가 더욱더 힘들어진 것 같습니다.
　독자들께서 이 소설을 읽으시다가 결론이 쉽게 상상이 되거나 그 상상했던 결론이 맞아 떨어졌다면 단연코 그분은 필자보다도 글에 대한 창작이나 문학적인 영감이 뛰어나다는 찬사를 드리고 싶습니다.

　여러분, 이제 다음 장을 넘겨서 한 번 여러분의 상상력과 문학적인 영감을 시험해 보시길 바랍니다.

작가 이승욱

차례

서문 • 6

1. 그녀

　주변의 잡초들이 바짝 마른 상태로 바람에 나부끼고, 오래 전에 고장이 난 문짝 위의 녹슨 전등갓 또한 좌우로 흔들리고 있다. 마치 우리 두 사람의 전쟁을 지켜보듯 그렇게 소리 없이 응시하고 있었다.

　"탕! 탕!"

　바닥으로 몸을 날려 날아오는 총알을 피했다. 팔꿈치가 바닥에 부딪혀서 심한 통증을 유발했지만, 그래도 내 몸에 총알이 들어오는 것보다는 훨씬 좋은 선택으로 위안했다.

　나는 잠시 호흡을 가다듬고 조금 전에 들렸던 총소리의 방향을 예측했다.

　'2시 방향이다.'

　기도비닉(은밀하고 신속하게)으로 방향 5미터 전방에 있는 작고 녹슨 폐농기구 앞으로 몸을 날려 빙그르 돌아, 날아오는 총알을 피하기 위해 그곳에 바짝 엎드려 총을 든 오른손을 오른쪽 뺨에 살짝 가져다 댔다.

"아직 살아 있는가?"

조롱하듯 나에게 소리쳤다.

"물론 살아있지!"

나는 약간 웃음기 섞인 말투로 답했다.

칠흑 같은 어둠이 깔려있고, 앞은 전혀 분간할 수 없는 곳들로 가득하다.

이곳에서 과연 내가 살아남을 수 있는가? 탄창 속의 총알은 한 발밖에 남지 않았다. 최대한 총알을 아끼면서 상대를 공략해야 한다.

나는 다시 한 번 숨을 크게 들이마시고 내뱉었다.

– 넉 달 전 –

비가 내리는 이 시간, 새벽부터 내리기 시작한 비는 어느덧 호우경보까지 발령된 상황이다. 한 달에 한 번씩 이윤호는 남대문에 있는 미술재료 가게에 간다. 이곳 서울까지 올 필요는 없지만 그래도 그가 25년간 살았던 서울이 가끔은 그리울 때가 있고, 또 지금 가려는 미술용품 가게에서 일하는 아가씨가 궁금하기도 해서 겸사겸사 이곳에 온다.

그 사이 버스는 터미널에 도착했다. 아직도 비는 무서울 정도로 내린다. 우산을 큰 것으로 가져온 것을 다행이라 생각하고 버스에서 내리자마자 얼른 우산을 폈다.

평소에는 목적지까지 시내버스를 타고 가는데, 오늘은 택시 정류소까지 가서 마침 빈 택시를 올라타고 목적지로 향했다.

정말로 비는 지독하게도 내리고 있다.

"안녕하세요!"

우산을 쓰고 왔지만 이윤호의 무릎 밑으로는 이미 다 젖었다.

"어머, 오셨어요! 밖에 비 많이 내리고 있죠?"

"예, 하늘에 구멍이 난 것 같아요."

이미 가게 안에는 여러 사람들이 왔다갔는지 통로와 그 주변에는 물이 흥건했다.

"미끄러워요. 조심히 오세요."

미안한 미소로 이윤호에게 말하는 그녀는 참으로 얌전하고 예쁜 모습이다. 아마도 조선시대였다면, 사대부가의 착하고 참한 여인이었을 것이다.

"바쁘세요?"

이윤호가 물었다.

"아니요. 그냥 바쁜 척하는 거예요."

그렇게 말하며 그녀는 다시 그에게 미소를 짓는다.

"오늘은 뭘 찾으세요?"

이윤호는 자신이 사려는 목록을 그 아가씨에게 내밀었다. 그의 쪽지를 받아든 그녀는 이리저리 걸어가며 물품을 찾기 시작했다.

그 사이 이윤호는 밖을 보는 척하면서 그녀의 모습을 살짝 훔쳐보곤 했다.

잠시 후, 그녀는 그가 주문한 모든 재료를 바구니에 가득 담아서 이윤호 앞으로 가져왔다.

"와! 오늘은 다른 날보다 더 많은데요!"

"예, 날씨가 더워서 그런지 재료가 빨리 소진되는 것 같아요."

"그렇구나……"

그녀가 고개를 끄덕이며 말했다.

"바쁘지 않으시면 냉커피 한 잔 하고 가시죠?"

이윤호는 사실 커피를 마시지 않는다. 그러나 그녀의 성의를 거절하진 못했다.

"예, 그럼 한 잔만 주세요."

이 말을 들은 그녀는 살짝 미소를 지으며 말한다.

"잠시만 기다리세요."

그 사이 이윤호는 창밖을 바라보았다.

여전히 비는 세차게 내리고 있다.

"아! 짐도 많은데 비까지 저리도 많이 오니 오늘은 고생 좀 해야 할 것 같은데……."

바로 이때,

"긴급 속보를 알려드립니다."

순간 이윤호는 TV 속 아나운서에게로 자신의 눈과 귀를 세웠다.

"지금 전국에 비가 내리고 있습니다. 호우 경보가 내려진 서울은 시간당 60밀리리터의 비가 내리고 있으며, 곳곳에 홍수 피해가 접수되고 있습니다. 특히 고속터미널이 물에 잠겨 지금 이 시간 모든 고속버스의 운행이 중단된 상황입니다."

뉴스를 보고 이윤호가 크게 낙심하자 그의 모습을 본 그녀는 시원한 냉커피를 예쁜 잔에 담아서 그에게 주며 걱정 섞인 표정으로 말했다.

"집에 가시려면 버스 말고 기차를 타셔야 할 것 같은데요."

이 말에, 이윤호는 받아 든 커피잔을 한 번에 다 마셔버렸다.

"와! 커피 맛이 일품이네요. 커피 타시는 학원에 다니셨나봐요."

그러면서 그녀를 쳐다봤다.

"아니에요……."

그녀는 부끄러워한다.

"모두 얼마에요?"

계산기로 이것저것 목록을 보며 계산하더니,

"26만 7천5백원이요."

지갑에서 돈을 꺼내어 계산을 하고 난 이윤호는 창밖을 바라보며 잠시 집으로 갈 궁리를 하고 있었다.

그러다가 벽시계를 한 번 쳐다보곤 다시 창밖을 쳐다봤다.

그녀가 말한 것처럼 기차는 정상적인 운행을 하고 있었다. 그러나 이윤호는 7년 전 큰 기차사고로 부모님과 여동생을 모두 잃은 과거의 아픔 때문에, 그 후론 기차와 지하철은 절대로 타지 않는다.

이윤호가 멍하니 서 있자 그녀가 그에게로 다가왔다.

"저기요. 괜찮으시다면 저 10분 후에 점심식사 시간인데 같이 하시겠어요?"

그는 조금은 놀랍고, 또 조금은 기뻤다.

"아……, 예…… 좋죠."

'이게 웬 횡재란 말인가? 그녀가 나에게 같이 식사를 하자고 하다니……'

"10분 후면 사장님께서 오세요. 그러면 같이 나가서 가까운 곳에서 식사해요. 혹시 뭐 즐겨 드시는 것 있으세요?"

"아니요. 전 뭐든지 다 잘 먹습니다."

그는 살짝 미소를 띠며 말했다.

"그럼 오늘은 비도 오고 하니까 국수와 부침개 어떠세요?"

"좋죠."

그렇게 그들은 잠시 후, 근처 국수가게로 들어가서 국수와 부침개를 주문하고 서로 마주보며 아무 말 없이 있었다. 그러다가 시간이 좀 흐른 후 이윤호가 먼저 입을 열었다.

"가족 관계가 어떻게 되시나요?"

그녀는 잠시 생각을 하며 입을 열었다.

"네 식구였어요."

이윤호는 좀 의아해 하면서 되물었다.

"네 식구였다뇨?"

"아버지와 어머니는 저희가 어려서 이혼을 하셨는데 그때 저와 오빠는 고모네 집에서 살게 되었어요. 그런데 그 고모네 식구들이 저희에게 눈치를 아주 많이 주셨어요. 그 때문에 오빠는 열두 살에 가출했고, 지금까지 소식이 없어요. 지금쯤이면 서른 두 살이네요."

그녀는 그렇게 말하고 얼굴이 어두워졌다.

"그럼 오빠께서는 생사를 모르시구요?"

그는 눈치 없이 또 질문을 했다.

"제가 5년 전부터 경찰서 '실종사건전담수사팀'에 의뢰는 했지만 아직까지 아무런 소식이 없다고 하네요."

"그러시군요. 오빠께서는 저랑 동갑이네요. 저도 서른두 살이거든요. 지금까지 미술재료를 사러 자주 갔으면서 이름도 서로 몰랐네요. 저는 이윤호라고 합니다."

그는 앉은 자리에서 살짝 고개를 숙였다.

그러자 그녀도 살짝 고개를 숙이며 말했다.

"정효진이라고 합니다. 나이는 스물일곱이고요. 직업은 잘 아시죠?"

그러면서 그들은 살짝 웃으며 서로를 쳐다봤다.

그 사이 그들이 주문한 국수와 부침개가 나왔다.

비 오는 날의 국수와 부침개는 정말로 맛있어 보였다.

"그런데 윤호 씨는 무슨 일을 하시는 분이시죠?"

부침개를 잘게 젓가락으로 먹기 좋게 찢으며 그에게 묻는다.

"예. 오전 7시부터 오후 5시까지 주유소에서 일하고요, 6시부터 9시까지 미술학원에서 미술공부를 해요. 그리고 매주 일요일은 주유소가 쉬는데 그때마다 작은 공장에서 청소 아르바이트도 하고요."

"와! 정말 바쁘게 사시네요."

그녀는 놀라는 표정으로 그를 쳐다본다.

"예, 특수분장을 하는 공부를 해요. 원래 꿈이 특수분장사가 되는 거였는데, 그만 중도에 포기했었죠……."

막 국수의 국물을 마시려고 대접을 든 그녀가 잠시 멈춘 자세로 그를 쳐다보며, 들고 있던 대접 너머로 그에게 묻는다.

"왜요?"

그는 부침개 조각을 하나 집었다 다시 놓고, 기억 속에 각인된 상처들을 다시금 떠올리며 그녀를 보았다.

"제가 군대서 제대하던 날이, 마침 부산에 사시는 큰아버지의 육순잔치가 있어서 우리 네 식구 모두 그곳으로 가기 위해 기차를 탔었죠. 그런데 한 시간도 안 돼서 갑자기 우리가 탄 열차가 탈선을 하더니 그 옆에 있는 논으로 굴러서 많은 사상자가 났죠. 그 사고로 저희 부모님은 그 자리에서 돌아가시고, 제 여동생은 크게 전신화상을 입고 병원에 입원했었는데 그만 사고 1년 후, 하늘나라로 떠나갔습니다. 저만 이렇게 멀쩡하게 살아남았고요……."

이 말을 들은 그녀는 이윤호를 보더니 매우 안 된 표정으로 되물었다.

"그러셨군요. 그럼 사고 이후로 지방으로 내려가셨어요?"

"예, 동생의 병원치료비는 부모님 집을 팔아서 모두 충당하느라고 다 썼고요. 저는 제대 후 대학에 복학하지 못하고 원주로 내려갔었죠. 그냥 아무런 연고도 없는 곳으로요. 그래서 그 후로는 기차나 지하철은 타지 않습니다."

측은한 표정으로 다시 이윤호의 얼굴을 살피며 그녀가 말한다.

"그러셔서 아까 제가 기차를 타고가라고 말씀드렸더니 아무 말씀이 없으셨군요."

"······."

이윤호는 아무 말 없이 큰 부침개 하나를 입 안에 넣고 억지 웃음을 지으며 대답을 대신했다. 그녀도 말없이 그의 얼굴을 지그시 쳐다본다.

그렇게 그들은 서로를 조금씩 알아가면서 서로의 불행했던 과거의 공통점을 지우려 애쓰지 않았다. 그리고 더 이상 훼손되지 않는 과거의 모습을 뒤로한 채, 앞으로의 인생에는 더욱더 충실하려는 느낌을 주고받았다.

2. 삶의 희망

"어서오세요. 얼마나 넣어 드릴까요?"

"5만 원 넣어주세요."

"예, 휘발유 5만 원 주유합니다."

"안녕히 가세요."

오늘은 금요일이다. 다른 날보다 주말과 월요일은 특히 바쁘고 힘이 든다.

이윤호와 이곳 주유소에서 함께 일하는 조선족 아주머니가 있다. 160센티미터의 아주 작은 체구를 가진 그녀는, 나이는 이윤호보다 여섯 살이 적지만 한 아이의 어머니다. 그리고 항상 웃고는 있지만 다른 한편으로는 자식에 대한 걱정과 미래에 대한 불안감이 그녀가 지고 있는 삶의 무게를 짐작하게 한다.

그들은 출근시간대 두 시간 동안은 한 번도 쉬지 못하고 들어오는 차량에 주유를 했다. 두 시간 후 드디어 출근시간대가 지나자 앉을 수도 있는 잠시의 기회가 주어졌다.

"이젠 숨 좀 돌리세요!"

이윤호가 말을 건넸다.

"예, 윤호 씨도 좀 쉬세요."

그러면서 작은 조립식 사무실 안에 있는 그의 아들에게로 들어갔다. 아이는 네 살. 그러나 그 아이는 태어나면서 선천성 심장판막증을 가지고 태어났기 때문에 항상 힘이 없고, 입술은 파란 색깔을 띠고 있다.

자식은 유치원에 갈 나인데도 돈이 없어 못 들어가고, 그나마 월급을 받으면 그의 양아치 같은 남편이 모두 빼앗아간다고 한다.

지난번에 몇 번 주유소로 찾아온 남편의 모양새를 봤는데 참으로 생긴 그대로 양아치였다.

부인은 아픈 자식과 가정을 위해서 열심히 살려고 뼈 빠지게 일을 하는데, 남편이란 작자는 일도 하려 하지 않고 노름을 하거나 다른 사람 등이나 치면서 사는, 삶 자체가 참으로 한심스러웠다.

"윤호 씨!"

조용히 이윤호의 옆으로 와서 말을 하는 그녀.

조립식 건물 안에는 그의 아들 수영이가 잠자고 있다.

"예, 무슨 일 있으세요?"

무엇인가 말을 하려는데 자꾸만 뜸을 들인다.

"저 오늘 점심시간에 잠깐 수영이 데리고 병원에 좀 다녀오려고 하는데……."

"그런 거면 문제없어요. 걱정하지 마시고 다녀오세요. 그때는 차도 많이 안 들어오고 또 사장님도 계시잖아요."

이 말을 들은 수영엄마는 여전히 미안한 얼굴로 말한다.

"죄송해요……."

"아이 참나, 걱정 말고 잘 다녀오세요. 제가 주유소 경력이 몇 년인데요."

그녀는 미안함을 애써 지우려하며 말했다.

두 시간 후, 수영엄마와 수영이는 병원으로 갔고, 지금은 사장님이 계시지만 웬만한 일은 그가 모두 다 처리했다.

"어서 오세요. 얼마나 드……."

"가득 넣어라."

"예."

이윤호가 이 세상에서 가장 싫어하는 인간이 지금 자신 앞에 왔다. 말로는 주변에 여러 가지 사업을 한다고 하는데 옷차림도 항상 검은색 정장만 입고 다니는, 도저히 알 수가 없는 사람이다. 심지어 주유소 사장님도 그가 몇 년간 이 주유소에 오지만 전혀 알 수가 없는 사람이라고 하였다.

"주유 끝났습니다."

이윤호는 건성으로 대답했다.

"야! 가서 커피 한 잔 타와."

이윤호는 느닷없이 짜증이 몰려오기 시작했다.

그러나 지금 이 사람과 소동이 일어나면 수영엄마가 미안해할 것 같아서 어금니를 꽉 깨물고 참았다.

"잠시만 기다리세요."

이윤호는 주유소 건물 안에 있는 커피자판기에서 커피를 뽑고, 입 안에 있는 모든 침을 모아서 그 커피 안에 넣었다. 그리고 바닥에 떨어진 나뭇가지로 커피와 침을 잘 섞었다.

"오래 기다리셨죠?"

"음, 그래."

"여기 있습니다. 맛있게 드시죠."

"그래, 수고해라."

주유소에서 빠져나가는 그의 차를 빤히 보면서 이윤호는 교양이나 인격은 조금도 찾아볼 수 없는 그 사람이 참으로 불쌍하게 여겨졌다.

이 세상에는 많은 사람들이 존재하고 있다. 그러나 그 수많은 사람들 중에서 저런 사람들은 도대체 무슨 재주로 저렇게 많은 돈을 벌고 또 그것들을 과시하고 사는지 궁금하다. 그러나 이윤호는 저런 삶보다는 지금의 자신의 삶이 더 좋다고 생각한다.

"선생님, 좀 어떤가요?"

이렇게 말하며 수영엄마는 의사 선생님의 얼굴을 유심히 살펴보았다.

"보통의 사람들은 네 개의 심장판막을 가지고 태어납니다. 그러나 수영이는 그 중에서 좌측에 2개가 아주 좁게 막혀 있습니다. 그래서 수술을 빨리해야 아이가 건강해 질 수가 있습니다."

"어려운 수술인가요?"

불안한 듯 다시 물어봤다.

의사는 쓰고 있던 뿔테안경을 살짝 만지면서 말했다.

"수술 방법으론 두 가지가 있습니다. 하나는 조직판막 수술이고, 두 번째는 기계판막 수술입니다. 조직판막은 20년 정도가 되어 다시 재수술을 해야 합니다. 그리고 기계판막은 티타늄으로 만든 것으로 50년 간 사용할 수가 있습니다. 그러나 평생을 항응고제를 먹어야 하는 단점이 있습니다."

"수술비용은……."

수영엄마가 힘없이 물었다.

"대략 3천만 원이 필요합니다."

그 사이 수영이가 한 손에 사탕을 들고 진료실로 들어왔다. 그녀는 얼른 아들을 안고서 볼에 살짝 입을 맞추었다.

"잘 알았습니다, 선생님."

"예, 조심히 가십시오. 수영이도 잘 가거라."

의사 선생님이 손을 흔들어 주셨다.

수영엄마는 병원을 빠져나와 수영이가 좋아하는 햄버거 가게로 향했다.

"엄마는 햄버거 없어요?"

"응, 엄마는 아까 병원에서 먹었어."

"정말이세요?"

"그럼, 정말이지. 자, 이건 우리 수영이 햄버거야. 맛있게 천천히 먹어야지 우리 아들."

"예."

그러면서 아들은 작은 손으로 그 큼지막한 햄버거를 입 안에 넣는다. 그러자 아들의 파란 색 입술이 보였고, 그것을 본 수영엄마는 갑자기 울음이 나오려 한다. 그러나 애써 그것을 참고, 아들이 모두 그것을 먹을 때까지 웃는 얼굴로 기다려주었다.

오후 한 시에 주유소에 도착했다.

그동안 윤호 씨가 혼자서 일했으리라 생각하니 미안한 생각이 앞선다. 수영엄마는 얼른 수영이를 조립식 건물 안으로 들여

보내고 다시 일터로 왔다.

일을 하면서도 정신은 온통 좀 전에 의사선생님께서 하신 말씀이 머릿속에서 맴돌았다.

'수술비는 대략 3천만 원이 필요합니다……. 하루라도 빨리 해야만 합니다.'

손님이 드문 시간 갑자기 핸드폰 소리가 들렸다.

"여보세요?"

"안녕하십니까, 경찰서입니다. 정효진 씨 휴대폰인가요?"

정효진은 순간 놀라며 대답했다.

"예, 제가 정효진입니다."

"예, 다름이 아니라 찾고 계신 가족분과 비슷한 분이 나타나서 전화드렸습니다. 혹시 이쪽으로 오실 수 있으신가요?"

"예, 당장 가겠습니다."

정효진은 전화를 끊자마자 옆에 있는 사장님께 허락을 받고 전화가 걸려온 근처 경찰서로 향했다.

그곳에는 30대 초반의 한 남자가 앉아있고, 맞은편에는 그녀를 알아본 경찰관이 이리로 오라고 손짓을 했다.

그녀는 그곳으로 천천히 가면서 앉아 있는 그 남자를 유심히 쳐다봤다. 그도 그녀를 유심히 쳐다본다.

"정효진 씨?"

경찰관이 물었다.

"예, 제가 정효진입니다."

"뭔가 증명이 될 만한 이야기들을 해 보세요?"

경찰관이 말했다.

"혹시 태어나신 곳이 어디시죠?"

정효진이 물었다.

"서울 정릉이요. 청수장 근처입니다."

그녀는 가슴이 심하게 요동치며 두 손이 떨리기 시작했다.

"죄송하지만 성함이 어떻게 되시죠?"

정효진은 그를 뚫어지게 기대가 충만한 눈빛으로 쳐다보고 있다.

"원래 이름이 있었는데 지금은 다른 이름으로 쓰고 있습니다."

"그럼 전에 쓰시던 이름은요?"

"김태형입니다."

그녀는 좀 전의 기대감과 긴장감이 모두 풀리면서 약간의 현기증까지 났다.

"예, 감사합니다. 바쁘신데 여기까지 와 주셔서……"

그렇게 말하며 머리를 숙이고 인사를 했다.

그리고는 옆에 앉아 있는 경찰관에게 기운 없는 목소리로 말했다.

"찾는 저희 오빠가 아닙니다."

"그러시군요……. 저는 이름과 나이가 같아 그런 줄 알았습니다. 죄송합니다."

경찰관 또한 아쉬움을 표현했다.

정효진은 경찰서에서 나와 잠시 서서 구름 사이로 내비친 태양을 쳐다봤다

눈부신 태양이 허무함과 공허함을 더욱더 짙게 피어오르게 하듯이 그녀의 몸을 감싸고 있다.

주유소 근무가 모두 끝나고 이윤호는 지금 근처 편의점에 서서 인스턴트 도시락을 먹고 있다.

시간을 보니 오후 5시 30분. 남은 음식들을 모두 입 안에 넣고는 밖에 주차해 있는 자신의 경차로 갔다. 시동을 걸고 반대편에 차량이 없는 것을 확인하고는 천천히 유턴을 했다.

미술학원까지는 차로 10분 정도 걸린다. 늘 학원에 갈 때마다 느끼는 일이지만, 이윤호는 앞으로도 지금 배우는 특수분장 기술을 열심히 배워서 반드시 그 길로 나갈 것이다. 그것만이 지금 자신이 살아가는 삶의 의미이며 이유인 것이기 때문이다. 지난 사고로 뜻하지 않게 자신의 꿈이 무너졌지만, 그러나 지금은 잠시 늦어질 뿐 포기한 것은 아니다.

돈을 아끼려고 한 번 재료들을 사면 보통 다른 사람들은 2

주를 쓰는데, 이윤호는 3주를 쓴다. 그 덕분에 그가 만든 작품들은 다른 사람들이 만든 작품보다 색깔이 진하지 않거나 크기가 매우 작다. 이것 때문에 학원장님께 지적을 받는 일이 가끔은 있다. 그러나 이윤호는 자신이 저들보다 실력이 없거나 이 작업의 손재주가 없어서 그런 것이 아니라는 것을 스스로가 알기 때문에 그런 지적들은 신경 쓰지 않는다.

오늘 수업에는 특별히 서울에서 강사 한 분이 그의 학원에 오셨다.

그의 이름은 구족화가 김경아 선생님. 그녀는 어려서부터 뇌성마비로 인해 평생을 불편한 몸의 장애인으로 살아야 할 운명이다. 그러나 김경아 선생님은 그것을 극복하고 조금씩 미술을 배워 지금은 개인 미술전까지 여는 아주 훌륭한 화가이다.

어떻게 저런 몸으로 일반인도 할 수 없는 미술작품을 그릴 수가 있을까?

손도 아니고, 입도 아니고, 오로지 발로 그림을 그리는 그녀의 모습에 무한한 존경과 이 시대의 진정한 인간 승리라고밖에는 생각이 안 든다.

이윤호도 힘든 삶의 과정을 저렇게 극복하고, 훌륭한 특수분장사가 될 것이다. 바로 구족화가 김경아 선생님처럼 반드시 이루고 말 것이다.

8시 30분, 오늘 미술 수업이 모두 끝났다

이윤호는 모든 재료와 물건들을 챙겨서 사물함에 넣고 대형 마트에 가기 위해서 조금 서둘렀다.

대형마트에 도착하자 마침 오늘 팔고 남은 몇몇 음식들과 채소들을 반값에 팔고 있었다. 이윤호는 일주일 분량의 식품들을 반값에 사고 모두 자신의 경차에 실었다.

시동을 걸고 대형마트를 빠져나와 자신이 사는 원룸으로 핸들을 꺾었다. 차 안에는 방금 산 음식 냄새가 솔솔 나기 시작했다. 운전을 하면서도 그도 모르게 콧등에 잔주름이 잡히고 킁킁거리며 빨리 원룸으로 가서 저것들을 먹고 싶은 생각이 간절했다.

그런데 그때, 이윤호가 가는 편도 일차선 우체통 옆에 한 사람이 쓰러져 있는 것이 보였다.

차에서 내린 그는 얼른 그곳으로 가서 사람의 상태를 살피기 시작했다.

"여보세요! 정신차리세요!"

70세 정도로 보이는 할머니께서 정신을 잃고 아무 반응이 없었다.

이윤호는 얼른 휴대전화로 119에 전화를 하고는 도움을 청했다. 그리고 그 할머니의 팔에 작은 은팔찌가 걸려 있는 것을 봤다.

그 은팔찌를 자세히 보니, 그곳에 작은 숫자가 적혀 있었다. 휴대전화 불빛으로 그 숫자들을 자세히 비추어 보니 그곳에는 전화번호가 적혀 있었다. 그는 두 눈을 크게 뜨고는 그 전화번호로 전화를 걸었다. 신호음이 들린다.

"예."

차갑고 날카로운 목소리였다.

"여기 어떤 할머니께서 쓰러져 계셔서 전화했습니다."

"거기가 어디죠?"

여전히 차갑고 날카로운 목소리다.

이윤호는 이곳의 위치를 알려주었다. 그러자 그는 갑자기 전화를 끊었다.

5분 후, 가까이에서 119 구급차량이 오는 소리가 들린다. 그리고 이윤호의 뒤편에 무서운 속도로 한 차량이 이곳으로 달려오고 있다.

어두워서 사람의 얼굴은 보이지 않았지만 이윤호는 그가 누구인지 짐작이 갔다.

"어머니!"

할머니를 번쩍 들어올렸다. 그 사이 119 구급차량이 도착해서 그 할머니를 안전하게 차량으로 모셨다. 그리고는 방금 왔었던 두 차량은 모두 떠나고, 다시 고요한 침묵처럼 아무 일도 없었다는 듯 이윤호 또한 원룸으로 돌아왔다.

　－ 삐비비빅, 삐비비빅 －

　오전 5시 기상 알람소리에 이윤호는 무거운 몸을 일으키며 큰 하품과 동시에 기지개를 편다.

　오늘은 8월 30일, 항상 그달의 마지막 날은 월급날이다. 원래는 31일인데 내일이 토요일이라서 오늘 월급이 나온다. 그리고 또 한 가지 5년간 열심히 일해서 모은 적금을 타는 날이기도 하다.

　사실 이윤호는 이 돈을 모으기 위해서 정말로 열심히 개미처럼 일했다.

　미술재료를 아껴 쓰고, 배가 고파도 값싼 음식으로 허기를 때우고, 아무리 춥고 어려워도 보일러 기름을 아끼기 위해 수도가 얼지 않을 정도로만 하고 살았다.

　드디어 그 결실을 오늘 받는 날이다.

　출근 준비를 모두 마치고 원룸을 나와 어제 주차해 놓은 자신의 경차로 가고 있다. 여름이라서 날씨는 무척 습하고 덥다. 주차해 놓은 차량 옆 건물 지붕에는 호박 줄기들이 어지럽게 뒤엉켜 지붕으로 올라가 있고, 불가사리처럼 노랗게 입을 활짝 벌린 호박꽃 속으로 여러 꿀벌들이 그 안에서 열심히 꽃가루와 꿀을 따는 모습이 보인다.

부지런히 일하는 꿀벌들의 모습을 뒤로 하고 이윤호도 자신의 일터로 향했다.

오늘도 어김없이 수영엄마와 이윤호는 주유소에서 일을 하고, 수영이 또한 조립식 건물 안에서 혼자 놀고 있다.

출근 시간이 지나고 잠시 쉬려고 의자 쪽으로 가는데 갑자기 자동차 경적소리가 두 번 울렸다. 이윤호는 그 차가 누구차이며 왜 경적을 울렸는지 알 수가 있었다.

경적이 울린 차로 가봤다.

"이봐 아우야! 어제는 정말 수고했다."

이윤호는 살짝 웃으며 말했다.

"아닙니다. 당연히 해야죠. 사람이 쓰러졌는데……."

"그래, 무슨 일 있으면 앞으로 이 형님에게 부탁해. 내가 어제 일로 빚졌으니 나중에 꼭 갚을게……."

그러면서 그는 피우고 있던 담배꽁초를 반대편 창문으로 던진다.

"예."

이윤호는 살짝 고개를 숙이곤 다시 자신의 자리로 돌아왔다.

'내가 평생 너 같은 놈에게 무슨 볼 일이 있다고 도움을 청하겠냐?'

그렇게 속으로 중얼거렸다.

"무슨 일 있어여, 윤호 씨?"

수영이를 업고 수영엄마가 이윤호에게 묻는다.

"아니요. 별거 아니에요."

그러나 이윤호의 생각과는 달리 얼마가 지나지 않아 정말로 그놈의 도움이 필요했고, 그는 그의 도움을 받게 되었다.

일하는 중간 점심시간에 가까운 은행에 가서 자신의 피 같은 적금을 탔다.

"수영어머니, 오늘 제가 저녁 대접하고 싶은데 괜찮으시죠?"

이 말을 들은 수영엄마는 무슨 일인가 하는 표정으로 이윤호에게 되물었다.

"무슨 좋은 일 있으세요?"

"아니요. 그냥 수영이하고 같이 밥이나 먹고 싶어서요."

귓불을 만지작거리며 이윤호는 부끄러움을 대신했다.

그리고는 재빨리 수영이에게 말했다.

"수영아, 뭐 먹고 싶나? 오늘 형이 다 사줄게."

"피자!"

말이 떨어지기가 무섭게 수영이는 피자라고 여러 번 소리쳤다.

"그래? 오늘 형이 맛있는 피자 사줄게."

그러면서 볼에 뽀뽀를 했다.

그러자 수영이는 귀여운 표정으로 오늘 피자 먹을 생각에 뭐가 그리도 좋은지 주유소 이곳저곳을 뛰어다닌다. 그리고 이윤호도 오늘 하루는 미술학원을 쉬기로 했다. 그동안 하루도 빠지지 않았는데 오늘은 날이 날인만큼 즐거운 저녁 한때를 보내고 싶었다.

그들은 업무가 끝나고 원주에서 가장 맛있는 피자집으로 갔다.

주문한 음식들이 나왔고 한참 배가 고픈 그들은 잠시 아무 말도 없이 먹기만 했다.

세 사람은 어느 정도 배가 불러오자 그제야 말을 시작했다.

"와! 배부르다."

이윤호가 말했다.

"정말 잘 먹었어요, 윤호 씨."

"아녜요. 별 말씀을……. 우리 수영이도 많이 먹었니?"

"예."

"아이고 예뻐라. 형이 아이스크림 가져다 줄 게."

후식으로 먹을 아이스크림을 작은 접시에 담아 온 이윤호는 조심스럽게 수영엄마에게 말을 걸었다.

"저……. 수영이 앞으로 어떻게 하실 건가요?"

이 말을 들은 수영엄마는 들고 있던 작은 숟가락을 접시에 살짝 내려놓고는 갑자기 표정이 어두워졌다.

그 사이 수영이는 피자집에 있는 작은 놀이방에서 신나게 놀고 있다.

"당장 수술을 하지 않으면 올 해를 못 넘길 것 같아요."

"그럼 빨리 수술을……."

그가 걱정된 표정으로 물었다.

수영엄마는 잠시 아무 말 없이 창밖을 쳐다보더니 고개를 숙이며 애써 나오려는 눈물을 참으며 이윤호에게 말했다.

"수술비가 너무 많이 들어서 전혀 엄두가 나질 않습니다."

"그래요?"

그들은 같이 놀이방에서 놀고 있는 수영이를 살짝 쳐다봤다.

"얼마나 나오는데요?"

이윤호는 다시 조심스럽게 물어봤다.

"의사선생님 말씀으로는 3천만 원이면 된다고 하셨어요. 그런데 저희 같은 사람들이 그 큰돈을 어디서 구할 수 있겠어요……."

그렇게 말하고 다시 슬픈 표정으로 수영이가 놀고 있는 모습을 바라본다.

순간 이윤호는 오늘 만기적금으로 탄 3천만 원이 머릿속에서 떠올랐다. 그러나 이 돈은……, 이 돈은…….

"제가 괜한 말씀을 드렸습니다."

수영엄마는 억지웃음을 보였다.

아무런 말도 하지 못하고 이윤호 또한 억지웃음으로 대신했다.

그 후, 이윤호는 집으로 돌아와 작은 전등 하나만 켜고는 방 구석에 우두커니 앉아 좀 전의 대화를 생각했다.

5년 전 그가 만든 적금이 지금은 큰돈이 되어 자신의 손에 있다. 기쁘고 신이 나야 하는데 지금은 전혀 그러지 못하고 있다. 차라리 그냥 몰랐으면 더 좋았을 것을……

자신이 왜 이런 생각들을 해야 하는지, 이윤호 자신도 답답하고 또 답답했다.

'그래, 나하고는 상관없는 일이다. 과연 반대로 내가 수영이의 처지가 됐다면 누가 날 도와줬겠는가?'

지난 사고 이후에 그를 도와준 사람들은 한 사람도 없었다. 이윤호는 동생의 치료비를 마련하기 위해서 부모님 집까지 팔아가며 그렇게 힘든 시간을 보냈다.

그 사고가 자신의 운명이었다면, 지금 수영이의 어려움도 수영이의 운명이다. 그러니 이윤호가 자책할 필요는 없다.

'수영이가 때를 잘 못 타고, 아비를 잘 못 만나서 받는 수영이의 운명이다. 그러니 너도 너의 운명을 받아 들이거라……'

그는 지갑 속에 잘 챙겨놓은 3천만 원짜리 수표를 꺼내어 손 위에 올려놨다.

"이 개도 안 먹는 돈을 벌기 위해서 우리 인간이 어디까지 추해질 수 있겠는가? 결국엔 돈이 사람보다 위에 있다고 하는 세상이구나. 개 같은 세상……."

　이윤호는 잡고 있던 수표를 TV 쪽으로 던져버리고는 그대로 잠이 들었다.

　"엄마, 아빠, 미희야……."

　이윤호는 너무도 반가운 나머지 눈에서 눈물이 나오기 시작했다.

　"윤호야! 오빠!"

　그렇게 네 사람은 서로를 부둥켜안고는 그동안 보지 못했던 아쉬움을 달래듯, 한 참을 그렇게 그러고 있었다.

　"자, 내 아들 얼굴 좀 보자."

　이윤호는 그런 부모님의 손을 잡고는 말했다.

　"전 괜찮아요. 아주 건강히 잘 있습니다. 걱정 마세요."

　그리고는 옆에 서 있는 여동생 미희에게 말했다.

　"이제는 아프지 않지?"

　"응, 오빠."

　미희는 병원에 있을 때 온몸의 화상으로 살이 쭈글쭈글 했는데, 지금은 아주 백옥과 같은 피부에 아주 예쁜 얼굴을 하고 있다.

　"왜 저만 두고 가셨어요?"

　이윤호는 원망과 그리움으로 그렇게 식구들에게 말했다.

"넌 아직 이곳으로 올 때가 되지 않았단다."

그의 얼굴을 쓰다듬으시며 엄마가 말씀하셨다.

"저도 같이 가고 싶어요."

"우리 착한 내 아들 넌 남아서 좋은 일 많이많이 하고 때가 되면 우리가 다시 오마, 알았지?"

"싫어요. 저도 지금 함께 가고 싶어요. 아빠, 엄마, 미희야!"

이윤호는 이렇게 자신의 가족과 함께 하기를 기원했다.

"오빠!"

그의 귀여운 여동생이 손을 살며시 잡는다.

"오빠가 지난번 사고로 나를 열심히 간호해 주었잖아. 그래서 내가 1년은 더 오빠하고 같이 있을 수가 있었어. 누군가의 도움으로 다른 한 생명을 도울 수 있다면 얼마나 소중하고 값어치 있는 삶이 될 수 있을까? 지금의 오빠는 다른 사람의 오빠가 아닌, 바로 내 오빠야. 그리고 우리 식구이기도 하고……. 내 말이 무슨 뜻인지 알 수 있지?"

아빠와 엄마 그리고 미희의 눈빛을 차례로 쳐다보았다. 모두들 밝은 미소로 웃으며 작게 고개를 끄덕이고 있었다. 그도 가족들과 같이 웃으며 고개를 끄덕여 보았다.

그렇게 네 식구는 모두 밝은 미소로 웃으며 서로를 쳐다보고 아무런 말없이 웃고 있었다.

– 삐비비빅, 삐비비빅 –

'아, 꿈이였구나…….'

이윤호는 어제 옷도 갈아입지 않고, 그냥 이대로 잠이 들었나 보다.

잠시 정신을 차리고 주변을 두리번거리며 이리저리 고개를 돌리자 TV 앞에 어제 찾은 수표가 반으로 접혀져 있다. 꿈속에서 보았던 그의 가족들, 모두들 잘 있는 모습이라서 다행이라는 생각이 들었다. 그러면서도 미희의 말이 아직도 자신의 마음에 남아 무엇인가 고민하게 만들고 있다.

'앗! 지각이다. 빨리 서두르지 않으면 안 된다.'

그렇게 이윤호는 급히 주유소로 출발했다.

오늘은 주말이다.

주말이면 오전에 많은 여행객들이 차를 몰고 주유소로 온다. 그 차 안에 있는 사람들의 행복한 미소와 웃음 그리고 자신이 누릴 수 없는 삶의 안정감과 보이지 않는 가족애가 마음을 우울하게 하기에 충분했다.

그렇다고 저들의 행복을 자신이 감히 깰 수는 없다. 자신이 불행했다고 저들도 자신과 똑같이 되는 것 또한 그는 절대로 바라지 않기 때문에, 그들의 지금과 같은 상황을 겉으로나마 같이 동조해 줄 수 있도록 해주는 것이 지금 자신이 할 일이라고 생각한다.

오늘은 일요일. 아침에 마음껏 늦잠을 자고 일어나니 오전 10시가 다 되어 있었다.

이윤호는 아침 겸 점심을 먹고는 집안 청소에, 그동안 밀린 빨래 등등 여러 가지 일들을 했다.

9월 중순의 날씨는 어느덧 서늘해졌다.

시간을 보니 오후 3시 30분. 이윤호는 아르바이트를 하기 위해 원룸을 나와 자신의 경차를 타고 그곳으로 가고 있는 중이다. 큰 지방도로에서 빠져나와 작은 시골길로 접어들어서 약 10분을 더 들어가야 작은 공장이 나오는데, 이윤호는 이곳에서 청소와 정리정돈을 약 3시간 동안 한다.

우선 차에서 내려 번호 열쇠의 비밀번호를 눌러 큰 대문을 열었다. 순간 지독한 화학냄새와 탁한 공기가 자신의 얼굴로 덮쳐왔다. 순간 그는 호흡을 멈추고 재빨리 안전복과 방독면을 들고서 다시 밖으로 뛰어나왔다.

"와! 이놈의 염산냄새 정말로 독한데……."

다시 안으로 들어가서 두꺼운 가죽 장갑을 끼고는 주변을 청소하기 시작했다.

이곳에 있는 물건들은 모두 위험한 것들로 전시되어 있다.

노란색의 공업용 염산을 생산하는 이 공장의 규모는 그리 크지는 않지만 악취와 소음 때문에 그런지 시내에서 가장 동떨어진 시골구석에 자리 잡고 있다. 그 덕분에 이 시간에는 늘 이윤호 혼자서 이곳에 있다. 정말로 누구 하나가 죽어 나간다고 해도 아무도 모르는 곳이다.

이리저리 흩어져 있는 염산 병들을 안전한 곳으로 모두 이동시키고, 그 병 속에 남아 있는 염산들을 다시 한곳으로 모아 정리를 하며, 깨지거나 불량으로 변형된 유리병은 포클레인으로 담아 밖으로 이동한 후에 모조리 부숴버렸다.

약 3시간의 작업 끝에 모든 청소가 다 끝이 났다.

시간을 보니 오후 7시가 다 되어 갔다.

주변은 벌써 캄캄해졌고, 비가 오려고 하는지 짙은 먹구름이 몰려오기 시작했으며 바람 또한 불기 시작했다.

순간 이윤호는 알 수 없는 공포감에 휘말려 온몸에서 소름이 돋기 시작했다.

'빨리 하고 여길 떠나야겠는 걸……'

공장의 모든 문단속을 확인하고 그는 경차에 시동을 걸고 얼른 그곳을 빠져나오기 시작했다.

어느 정도 그곳에서 빠져 나와 큰 길로 접어들자 갑자기 허기가 지기 시작했다.

오전에 먹은 식사가 오늘 처음이자 마지막 식사가 되었으니 지금은 뱃속에서 빨리 밥을 달라고 아우성을 치고 있는 것이다.

이윤호는 원룸으로 돌아가기 전에 식사를 하려고 시내의 작은 햄버거 가게로 들어갔다. 주문한 햄버거를 먹으려는데 갑자기 수영이가 생각났다. 파란 입술로 피자를 맛있게 먹던 귀여운 수영이. 자신의 여동생도 수영이처럼 피자를 무척이나 좋아했다.

얼마 전, 꿈속에서 자신과 만났던 귀여운 미희⋯⋯.

'누군가의 도움으로 다른 한 생명을 도울 수 있다면 얼마나 소중하고 값어치 있는 삶이 될 수 있을까?' 하며 자신에게 이야기해 주던 여동생 미희. 하늘에 계신 식구들 모두 꿈속에서 자신에게 하고 싶었던 말은, 바로 수영이를 도와주라는 메시지가 아닌가 싶다.

순간 이윤호는 들고 있던 햄버거를 접시에 내려놓고는 큰 결심을 했다.

'그래, 우리가족들이 바라듯이 수영이를 도와주자. 돈이야 또 벌면 되는 것을⋯⋯. 개 같이 벌어서 정승같이 쓰라고 했던가. 그래 내일 출근하면 당장 3천만 원을 수술비에 쓰라고 줘야겠다.'

그렇게 다짐하고 그는 앞에 있는 햄버거를 먹기 시작했다.

3. 분노

"윤호 씨! 수영아! 수영어머니! 점심식사하세요."

사장님께서 우리들을 부르신다.

"예, 알았습니다."

이윤호와 수영엄마는 식당으로 와서 손을 씻고 있는데 수영이는 그가 학원에서 만들어준 특수분장 가면을 쓰고는 아직도 신이나 놀고 있다. 그 모습을 본 수영엄마는 "저 녀석이 배도 안고픈가?" 하며 그쪽으로 가려는 순간, 이윤호는 그녀의 팔을 살짝 잡고는 잠깐만 앉으라고 말한다. 무슨 일인가 하며 궁금한 표정으로 자신을 뚫어지게 쳐다보는 그녀에게 이윤호는 작고 흰 봉투를 건네주었다.

"저, 이거……."

"이게 뭐죠?"

그녀는 봉투 속의 수표를 확인한다.

"이게 뭐죠? 왜 이 큰돈을 저에게 주시는 거예요?"

이윤호는 왼팔로 뒷머리를 살짝 긁으며 말했다.

"수영이 수술비로 쓰시라고요."

"아니에요. 윤호 씨가 얼마나 이 돈을 모으려고 고생을 하셨는데 그럴 수는 없어요."

그러면서 다시 이윤호에게 주려 했다.

"맞아요. 전 이 돈을 벌려고 정말 힘들게 살았어요. 그렇지만 지금 이 돈이 필요한 사람은 수영이지 제가 아니에요. 며칠 전 제 꿈속에서 지금은 하늘나라에 있는 우리 가족들을 모두 보게 되었어요."

"꿈속에서 가족분들을요?"

"예. 그분들께서 이렇게 말씀하셨어요. 수영이를 도와주라고요. 특히 제 여동생이 가장 많이 말했었죠······."

수영엄마는 어느덧 눈에 눈물이 흐르기 시작했다.

"자, 그러니 사양 마시고 이 돈으로 반드시 수영이를 건강한 모습으로 만드시길 바랍니다."

그렇게 말하고 그는 식탁 위에 차려진 음식들을 먹기 시작했다.

그 사이 괴물 가면을 쓴 작은 꼬마가 식당으로 들어왔다.

"와, 괴물이다!"

이윤호는 그렇게 소리치며 식탁 밑으로 숨는 시늉을 했다. 그리고 수영엄마도 얼른 눈물을 닦고 그가 준 수표를 몸 속 품 안에 소중히 넣었다.

수영엄마는 수술비가 생겼으니 내일 당장 수영이를 병원에 입원시켜야겠다는 생각이 들었다.

'윤호 씨에게 어찌 이 은혜를 갚을 수 있단 말인가? 그도 이 돈이 얼마나 소중한지 그 누구보다도 더 잘 알고 있을텐데……'

수영엄마는 우선 수영이의 건강을 찾게 되면 제일 먼저 윤호 씨의 빚부터 갚기로 하고, 지금의 남편을 잘 설득하여 우리도 남들처럼 행복하게 잘 살 수 있도록 해야겠다는 희망찬 생각이 들었다.

수영이를 깨끗이 씻기고 나서 수영엄마는 남편에게 전화를 했다.

신호음이 들린다.

"뭐야!"

그는 늘 그녀에게 심술궂은 얼굴로 퉁명스럽고 말투 또한 곱질 않았다.

"식사는 하셨어요?"

그녀가 다정하게 묻자 그는 더 이상 깊은 대화는 하지 않으려는 듯했다.

"그거 물으려고 전화했냐?"

전화를 금방 끊으려는 순간, 수영엄마가 얼른 말했다.

"우리 수영이 수술할 수 있게 됐어요, 여보."

"그게 무슨 소리야?"

"같이 일하는 윤호 씨가 수술비를 줬어요."

그리고는 순간 아무 말이 없었다.

그리고 잠시 후 "집에 꼼짝 말고 있어, 내가 그리로 갈 테니깐." 하며 그는 전화를 끊었다.

시계를 봤다. 저녁 9시 50분 수영이는 아까 윤호 씨가 준 가면을 꼭 쥐고 깊이 잠들어 있다.

수영엄마는 점심때 너무 놀라서 제대로 고맙다는 인사도 못했는데 지금이라도 전화로 윤호 씨에게 진심으로 감사의 말을 하려고 전화를 걸었다.

"여보세요?"

발신자 표시를 보곤 미리 윤호 씨가 인사한다.

"안녕하십니까?"

"미술학원에는 잘 다녀오셨나요?"

"예, 오늘도 특수분장에서 쓰는 가면을 만들었어요. 내일 수영이에게 주려고요. 이번에는 예쁜 코알라 가면입니다. 괴물 가면은 너무 수영이에게 안 어울려서요."

수영엄마의 얼굴엔 살짝 미소가 피어났다.

"윤호 씨, 정말……."

이때, 갑자기 방문이 열리고 남편이 들어왔다.

"야! 돈 어디 있어? 빨리 돈 내놔!"

다짜고짜 남편은 통화를 하고 있던 수영엄마를 거칠게 몰아세웠다.

그녀는 전화기를 놓치고는 황급히 방구석으로 몸을 피하며 소리쳤다.

"그 돈은 우리 수영이 수술할 돈이에요. 안돼요!"

"이년이 죽으려고 환장을 했나! 빨리 내놔라, 좋은 말할 때……."

그 사이 모든 대화 내용들은 수화기 너머로 이윤호가 듣고 있었다.

"여보세요! 여보세요! 무슨 일 있어요?"

아무리 불러도 대답은 없었다. 대신 수화기 너머로 남자의 고함소리와 여자의 울음소리 그리고 수영이의 울음소리가 함께 들려왔다.

사태가 심각함을 직감한 윤호는 얼른 밖으로 나가 시동을 걸고는 급히 수영이네 집으로 향했다.

수영이네 집으로 가면서 여러 가지 생각들이 떠올랐다.

그 중에는 이윤호가 가장 두려워하는 일이 생각났지만 제발 아무 일이 없기를 바랄 뿐이다.

잠시 후, 한 작은 시골마을에 아주 오래된 초가집 하나가 눈에 들어왔다. 집 앞까지 차가 갈 수가 없어서 길옆에 세워두고 윤호는 무조건 뛰기 시작했다.

허름한 대문과 그 안에 작은 방문으로 통하는 문이 모두 다 열려 있다.

이윤호는 급히 방 안으로 들어갔다. 그러나 자신의 눈앞에 펼쳐진 광경은 차마 눈뜨고는 보지 못할 광경들이 펼쳐져 있었다. 우려했던 상상들이 지금 이곳에서 말이다.

평생 보지 못할 장면을 본 윤호는 갑자기 심장이 요동치며 맥박 또한 걷잡을 수 없이 뛰고, 이마에는 힘줄이 시퍼런 나뭇가지 모양으로 변하고 있었다.

방구석에 쓰러져 있는 수영엄마는 뒷머리에서 피가 흘러나오고 있었으며, 수영이 또한 의식이 없는 상태에서 그의 엄마 옆에 쓰러져 있었다.

"정신차리세요! 정신차리세요!"

이윤호는 두 사람을 번갈아 깨웠지만 아무 반응이 없었다.

휴대전화로 119에 전화를 걸어 이곳의 상황을 얘기했다.

그리고는 다시 숨이 멈춰있는 수영이에게 가서 급히 심폐소생술을 시작했다.

그러나 수영이는 아무런 반응이 없었다.

"안 돼, 안 돼, 안 돼, 안 돼!"

이윤호는 쉬지 않고 계속해서 심폐소생술을 했다.

그 사이 밖에서 119 사이렌 소리가 들리기 시작했다.

구급대원과 경찰관들이 방 안으로 들어왔다.

"빨리요. 여기 두 사람입니다."

재빨리 수영과 수영엄마를 구급차에 태우고는 병원으로 향하고 있었다. 윤호도 구급차를 따라가려고 막 길을 나서는데, 경찰관이 막아섰다.

그는 거수경례를 하며 물었다.

"잠시 만요, 신고자 되십니까?"

방금 출발한 구급차를 쳐다보며 대답했다.

"예."

그리고는 앞에 서 있는 경찰관들에게 사정했다.

"우선 병원에 갔다가 다시 조사받겠습니다. 그러니 지금은 저 좀 보내 주세요."

무조건 윤호는 자신의 경차로 뛰어가 시동을 걸고 방금 전 출발한 구급차의 뒤를 쫓아갔다.

잠시 후, 응급실로 들어간 두 사람은 2시간이 넘도록 아무런 소식이 없었다. 윤호는 안절부절 못하고 누군가가 빨리 희망의 소식을 전해주길 바라고 있었다.

바로 그때, 수술용 복장을 한 두 사람이 천천히 다가오고 있었다.

이윤호는 그들의 표정을 유심히 살피며 기대가 충만한 느낌으로 물어 보았다.

"어떻게 됐습니까?"

두 의사는 입에 가린 마스크를 천천히 벗고는 힘없이 말했다.

"죄송합니다. 저희로서는 최선을 다했습니다만 유감스럽게도 여자분은 과다출혈의 쇼크사로, 그리고 아이는 정신적인 충격으로 인하여 선천적으로 병든 심장이 갑자기 막혀서 그만 숨을 쉬지 못하고 사망하였습니다. 죄송합니다."

이윤호는 그 자리에 주저앉고 두 손으로 자신의 머리를 쥐어뜯으며 소리쳤다.

"안 돼! 안 돼! 아버지, 어머니, 미희야 저 천사 같은 아이와 그 엄마를 살려 주세요. 제발 부탁입니다. 저들은 아무 잘 못이 없습니다. 부디 저들의 생명을 지켜주세요. 아……, 아……, 아……."

멈출 수 없는 눈물이 양 볼을 타고 하염없이 흘러내리고 있다.

이윤호는 참을 수 없는 증오심으로 인간의 분노가 과연 어디까지일까 하고 되묻고 싶었다.

주저앉아 울었던 자리에서 일어나 두 주먹을 불끈 쥐고는 다짐했다.

'인간이기를 포기한 네놈은 내가 반드시 찾아내어 오늘의 죗값을 치르게 할 것이다. 이 세상에서 가장 고통스럽고, 이 세상에서 가장 끔찍한 방법으로 너의 죄를 물을 것이다. 꼭꼭 숨어라, 절대로 경찰에게 먼저 잡혀서는 안 된다. 성실하게 법을 준수하고 그것이 옳다고 따르는 것이 바로 '일관성'이라는 것이다. 그 일관성을 철저하게 무너뜨린 네놈이야말로 이 시대의 인간쓰레기라 말할 수 있다. 그 인간쓰레기를 어떻게 처리하는지 내가 똑똑히 전해 줄 것이다.'

이윤호는 가족을 잃은 지 몇 년 만에 겨우 찾은 삶의 안정을 또다시 위협받고 있었다.

"저를 용의자로 보십니까?"

이윤호는 이곳 경찰서에서 3시간째 조사를 받고 있다.

"모든 가능성은 열어 놓고 있습니다. 그것이 누구건 다 말입니다."

"그럼 열심히 찾아보시죠. 그것이 당신들이 해야 할 일이니까요?"

그 말을 들은 형사는 잠시 이윤호를 보더니 미간을 잔뜩 찌푸리며 "좋습니다" 하고선 다시 한 번 그를 쳐다본다.

"이젠 가도 되겠습니까?"

경찰관은 건조하고 메마른 입술을 혀로 핥고는 말했다.

"가셔도 좋습니다. 그러나 절대로 멀리 가시지는 마십쇼. 그리고 항상 휴대폰 열어놓으시구요."

"알았습니다."

이윤호는 이 한마디를 남기고 경찰서를 빠져나왔다.

그는 자신의 차에 시동을 걸고는 그 길로, 자신이 가장 싫어하는 그 못돼먹은 사장을 만나러 가는 길이다. 지난번 자기 어머니를 이윤호가 살려드렸다고 무슨 부탁할 일이 있으면 오라고 했다. 지금으로서는 그의 도움이 절실히 필요하다.

마음이 급하다. 빨리 가야겠다. 그러면서도 다짐했다. 될 수 있으면 지금 만나려는 이 사람과의 거리는 좁히지 않는 것이 좋을 것 같았다.

시내 변두리 3층짜리 건물 2층에 자리 잡은 사무실은 생각보다는 무척 깨끗했고, 여직원도 두 명이나 있었다.

"어떻게 오셨어요?"

여직원 중 한 명은 동그란 거울로 자기 얼굴을 유심히 보며 이윤호를 쳐다보지도 않고 묻는다.

"예, 사장님 좀……."

"사장님, 손님 오셨는데요!"

그러면서도 여전히 거울만 보고 있다.

"누구야?"

맞은편 문에서 그가 나왔다.

"안녕…… 하…… 세요?"

이윤호는 살짝 고개를 숙였다.

"이런, 아우님께서 어떻게 여기까지……. 어서 이리로 들어와."

그는 빨리 들어오라고 손짓을 했다.

"자, 앉자."

방 안에는 향기로운 재스민 향이 가득했고, 잘 정돈된 각종 기념품과 위촉장들 그리고 구석에는 아주 큰 골프가방이 보였다.

"식사는 했어?"

"예, 먹고 왔습니다."

그러자 문밖에 있는 여자들에게 소리쳤다.

"야! 커피 좀 가져와."

"요즘 주유소에 보이질 않아……."

"예, 그만뒀습니다."

"응, 그래서 없었구만……. 그런데 무슨 일로 날 찾아왔는가?"

"저……."

이때, 아까 그 거울만 보고 있던 여자가 커피잔을 쟁반에 받쳐들고 들어온다. 여자가 나가고, 이윤호는 커피잔에 살짝 입을 대고는 다시 테이블에 내려놓고 말했다.

"대포폰이 필요합니다."

그러고는 그를 똑바로 응시했다.

그도 이윤호를 한 번 쳐다보고는 말했다.

"아우님께서 왜 그런 것이 필요할까?"

이윤호가 아무런 말을 하지 않자,

"아, 미안, 미안. 우리들은 고객의 도움만 드리고 돈만 받으면 그만이라고, 이유는 필요가 없으니까."

"얼마의 비용과 얼마의 시간이 필요합니까?"

"비용은 50만 원, 시간은 오늘 저녁에 가능하지. 난 말이야 대한민국에서 열 손가락 안에 들어가는 정보력을 갖고 있는 사장이야. 그 어떤 정보기관이라도 나보다는 장비나 정보 그리고 비용을 앞서는 곳은 없지. 하하하."

"그럼 오늘 저녁에 다시 오겠습니다."

그렇게 말하고 그 자리를 일어나 살짝 인사를 하고 나가려고 하는데…….

"오늘 아우님 경찰서에 갔었지?"

이윤호는 살짝 놀랐다.

"난 범인이 누군지 알고 있지……. 그렇지만 나하고는 상관이 없어서 신경 쓰지는 않아."

그는 그렇게 말하고 담배 하나를 주머니에서 꺼내어 피우고 있었다.

그러면서 입고 있던 웃옷을 벗자, 웃옷 속주머니 속에 권총 한 자루가 들어 있는 것이 살짝 보였다.

'K-53 권총. 우리나라 경찰들에게 보급된 무게 800g, 탄약 장전시 1Kg으로 반자동으로 작동하며 탄창수는 약실까지 14발을 쏠 수 있으며, 유효 사거리는 55미터이다.'

이윤호가 이리도 권총에 대해서 잘 아는 이유는 군 복무시절 판문점 JSA(공동경비구역)에서 근무했기 때문이다. 작전상 소총보다는 권총을 휴대하는 경우가 많았고, 권총사격대회가 열리면 그는 항상 1등을 했다. 그 덕분에 휴가도 몇 번 나온 일이 있었다. 아마도 지구상에 있는 권총은 모두 다 습득하고 있었고, 지금도 잊지 않고 있다.

이윤호는 속으로 어떻게 저런 물건을 얻게 됐는지 궁금했다. 그래서 그도 저 물건이 필요하다고 생각했다. 그 이유는 권총이 야말로 상대를 쉽고 재빠르게 제압할 수 있는 도구이며, 그것을 휴대한 사람의 목숨을 지켜주는 확실한 이 시대, 다시 말해서 총기류가 불법반입이 금지된 대한민국에서는 적을 조용하고 간편하게 죽일 수 있는 알라딘의 요술램프와 같은 존재이기 때문이다.

그렇게 본인이 대단하다고 생각하는 사장에게서 얻은 대포폰으로 이윤호는 인근 PC방에서 위조 여권을 알선하는 사람과 대화중이다.

"여권이 필요합니다. 2개가요. 하나는 한국 국적과 또 하나는 일본인 국적으로요. 그리고 하나 더 권총도 필요합니다. 소음기가 달린 것으로 가능합니까?"

"아하, 가능은 하지만 비용이 많이 들겠는데요."

"얼마죠?"

"여권 2개가 200만, 그리고 소음기가 달린 권총이 400만 거기에 총알까지 한다면 모두 620만 원은 주셔야 합니다."

"3일 안에 가능합니까?"

"예?"

"급합니다."

"가능은 하지만 그러자면 급행료가 추가되는데요."

"그럼 모두 얼마입니까?"

"어디보자……. 모두 800만 원에 하시죠."

"750에 합시다."

"아하, 그럼 좋습니다. 우선 선금으로 200을 제가 알려드리는 계좌에 넣으시고, 3일 후 시간과 장소를 알려드리지요."

"알겠습니다."

그리고 3일 후 대포폰으로 문자 하나가 왔다

주문하신 택배가 도착했습니다.
오늘 저녁 9시 정각에 사시는 곳
화장터로 나오셔서 검은색 승합차
를 찾아가세요.
　　　　　　　　– 시간 엄수 –

이윤호는 문자를 확인하고 다시 답문을 보냈다.

만일 불량품 적발시 각오하시오.
　　　　　　　　– 택배 주인 –

그러자 다시 문자가 왔다.

물건에는 아무런 하자가 없습니
다. 그러니 안심하시고, 택배비를
반드시 챙겨 오시길 바랍니다.
　　　　　　　　– 배달자 –

이윤호는 주문한 물건들을 구입하기 위해서 지금 사는 원룸
을 전세에서 월세로 전환하고, 나머지 차액을 가지고 지금 약속
된 장소로 자신의 경차를 타고 가는 중이다. 정각 9시 화장터

입구에 다다르자 구석에 검은색 승합차 한 대가 라이트를 번쩍였다.

그는 그 옆에 차를 세우고는 얼른 그 승합차 조수석으로 옮겨 탔다.

차 운전석에는 매우 고혹적이며, 조형적인 미모를 갖춘 한 미녀가 앉아 있었고, 손가락은 아주 가늘고 길었으며 손톱 또한 예뻤다.

"처음 뵙겠습니다."

그러면서 그에게 작은 상자를 건네어 준다.

"예."

이윤호는 대답과 동시에 받은 상자를 열어보았다.

모두 자신이 주문한 물건들이 들어 있었다. 그런데 권총에는 총알이 없고 빈 탄창만 있었다. 이윤호가 이 부분에 대해서 말하려는 순간, 옆의 그녀는 자기 왼손에 총알 상자를 보여주고 살짝 웃으며 말했다.

"이것은 모든 계산이 끝나고, 제가 5미터 정도 출발할 때 그쪽으로 던져드리겠습니다. 혹시 있을 불상사를 방지하기 위해서죠."

이윤호는 어이가 없다는 미소를 짓고는 준비한 잔금을 그녀에게 주었다.

잔금을 확인한 후 그녀는 만족스럽다는 표정으로 말했다.

"제가 특별히 이곳에 올 일이 있어서 직접 배달을 합니다. 원래는 구매자가 직접 우리 쪽으로 오셔야 하거든요. 운이 좋으시네요."

"예, 그러네요. 누굴 만나러 여기까지 오셨나요?"

"예, 아는 사람 좀 만나려고요. 너무 오래 못 만나서."

"자, 그럼 서로 다시는 보지 말고 여기서 떠납시다."

난 승합차에서 내렸다. 그리고 승합차의 시동이 걸리고 잠시 앞으로 전진하더니 운전석 유리가 열리고는 좀 전에 받지 못했던 총알상자를 이윤호가 있는 쪽으로 던져주었다.

그러면서 운전석 유리가 올라가며 황급히 시내 쪽으로 차를 몰았다. 앞에 떨어져 있는 총알박스를 쳐다보며 이윤호는 서서히 걸어가 그것을 한 손으로 집으며 이런 생각이 들었다.

'이젠 모든 준비는 끝났다. 나는 네 놈을, 아니 인간쓰레기를 깨끗이 처리하지 못하면 절대로 돌아오지 않을 것이다. 어디에 숨어있건 반드시 널 찾아서 네 스스로 인간이기를 포기한 대가를 톡톡히 치르게 할 것이다.'

"중국 조선족 출신으로 이름은 정염순. 나이는 26세. 한국인 남편과 결혼하여 네 살짜리 아들이 있었으나 사건 당일인 9월 10일 모두 사망. 사망 원인 정염순 머리 뒷부분의 두개골 파열로 인한 충격과 과다출혈로 인한 쇼크사. 그의 아들은 충격으로 인한 심장마비로 같은 시간 사망."

"질문있습니다?"

수사과 형사가 손을 들었다.

"뭡니까?"

"사건 당시에 전화가 피해자 집으로 오거나, 간 일이 있습니까?"

"예. 피해자 정염순은 그 시간 남편과 1분 20초. 그리고 같은 직장동료에게 2분 50초 통화 기록이 있습니다. 그런데 이상한 점은 피습 시간과 동료와의 통화시간이 일치했습니다. 그러므로 피해자는 동료와 통화를 하는 중에 피습되었다고 볼 수 있겠습니다."

"그럼 그 당시 통화자인 직장동료는 살인 소음을 들었을 수도 있겠네요?"

"예, 그렇습니다. 그러나 그 동료는 아무 말도 듣지 못했다고 진술했습니다."

"더 이상 질문 없으시면 해산하겠습니다."

수사과장이 말했다.

"아, 답답하네요 임형사님."

박형사가 담배를 입에 문다.

"남편의 신원은 어떻게 됐어?"

"아직이요."

힘없이 박형사가 대답했다.

"제가 보기에는요. 그 주유소 직원이 범인 같아요. 핸드폰으로 전화하면서 죽일 수도 있잖아요……"

"이 사람아, 아들 살리라고 수술비까지 줬는데 왜 그 아이 엄마를 죽이나."

"그렇겠죠……"

"아이, 머리 아프다."

임형사는 이마를 살짝 쳤다.

"그럼 남편이 없어졌으니 수배령 내리면 어떨까요?"

"나도 그렇게 했으면 좋겠는데 아직 아무런 증거도, 정보도, 진술도 없는데 어떻게 그렇게 할 수가 있겠는가?"

"초동수사부터 다시 시작해야 하는 것이 아닌가 싶다."

그러면서 두 사람은 다시 사건 현장으로 출발했다.

도착한 현장에는 폴리스라인이 집 주변을 감싸고 있었으며, 집 안에는 참혹했던 장면 그대로 모두 제자리에 고정되어 있었다.

그들은 깨알만한 증거라도 찾기 위해 그곳을 여러 시간 동안 뒤졌으나, 결과는 아무것도 찾지 못했다.

수사로 인해 시간이 가는 줄 모르고 저녁 끼니를 챙기지 못했더니 배가 무척이나 고팠다. 그래서 돌아오는 길 건너편 편의점에서 간단한 도시락으로 급하게 늦은 저녁을 먹고, 그 길로 경찰서로 향했다.

시종일관 심각한 표정으로 경찰서 안으로 들어가는 그들은 서로 아무런 말이 없었다.

다음 날 아침, 난데없이 담당 부장이 직접 회의를 주관하였다. 분위기가 심상치 않았다.

"여러분들, 지금 뭐하자는 겁니까!"

무척이나 화가 난 모습이다.

"탐문수사는 아무런 성과도 없고, 아직까지도 초동수사에 걸려 빙빙 제자리만 겉돌고 있어. 그러고도 여러분들이 대한민국 경찰이야!"

"……."

모두 숨 죽이고 조용히 고개만 숙이고 있다.

"언론에서도 지금 눈치를 채고 이리저리 뭔가 캐려고 혈안이 되어가고 있는데……."

그런데 갑자기 부장이 두 사람을 호명했다.

"수사과장, 김동현 경위?"

"예!"

"강폭력범죄수사계장 장학규 경사?"

"예!"

"오늘 이 시간부터 두 팀을 통합하여 공조수사로 전환한다.

사건의 진척이 없으면 퇴근도 없다. 그렇게 알고 각자 집으로 미리 연락할 수 있도록……. 질문? 없으면 해산!"

오늘도 허탕이다.

이윤호는 3일째 놈을 찾고 있다.

지난번 생전의 수영엄마가 남편이 자주 가는 낚시터가 있다고 하는 말을 들은 적이 있다.

그의 말에 따르면 그곳은 경기도 이천의 어느 시골에 아주 한적하고 외지며, 그래서 아무도 모르는 장소라고 그곳을 자주 간다고 했었다. 그 말이 생각난 이윤호는 PC방에서 인터넷을 통하여 모두 26곳의 크고 작은 저수지를 지도로 검색했다. 그중에 큰 저수지를 뺀 나머지 작은 저수지나 방죽을 모두 12군데로 축소했다.

그 결과 3일째 놈의 행방은 찾지 못하고 내일 아침 일찍 나머지 두 군데를 찾아야 할 것 같았다.

지금은 어느 작은 읍내 여관에 들어와 쉬고 있는 중이다.

'경찰은 어디까지 알고 있을까?'

그렇게 생각하며 창밖을 바라보았다. 답답하고 보이지 않는 시간이 너무도 빠르게 지나가고 있다.

'시간이 없다. 시간이 없어.'

이윤호는 TV 옆에 있는 자신의 가방을 열어보았다. 지도와

지갑, 먹고 남은 물통과 권총 그리고 그것에 장착할 소음기와 탄창, 특수분장용 도구와 기구들……

그중에서 그는 총과 소음기를 꺼내어 만지작거리며

'MK20 권총. 지금도 미 해군 네이비실에서 사용하며 소음기까지 장착하면 소음을 최대한 줄일 수 있고, 불꽃 노출량을 줄이고 그에 따른 발사 위치를 적에게 발각되지 않게 하는 것이 주목적이다. 장탄수 9발, 무게 850그램, 탄약은 9밀리를 사용하지만 반드시 소음기를 장착할 때에는 아음속탄(총구의 소음을 소음기 안에서 소멸하기 쉬운 총알)을 사용해야만 한다. 한마디로 이것만 있으면 쥐도 새도 모르게 황천길로 보낼 수가 있다. 누구든……'

"선의 방관은 악을 꽃피울 따름이다."

배우 브루스 윌리스가 주연한 전쟁영화에 나오는 말이다. 갑자기 이윤호는 이런 문구가 생각이 나서 읊어봤다.

또 누군가가 이런 말을 했다는 생각도 해봤다.

'악이 없는 선이란 존재할 수 없다고.'

그는 그렇다고 선을 증명하기 위해서 악을 만들어내는 것 자체도 참으로 미련한 짓이라는 생각이 들었다.

'아− 이만 자야겠다. 내일은 반드시 놈을 찾아서 그 악을 내가 심판하겠다.'

밖에는 작은 비가 아주 은밀하게 내리고 있다.

아무도 모르게, 아무도 알아차리지 못하게 그렇게 지붕 밑에 있는 거미줄은 짙은 습기에 젖어 있다. 불안한 이윤호의 마음을 더욱더 불안하게 만들기에 충분했다.

습한 기운이 온 몸에 가득한 채 몸을 움츠리고 눈을 떴다.
시계를 보니 아침 10시가 넘었다.
'이런 엿 같은 일이 있나!'
핸드폰 알람이 울리질 않았다. 주유소에 출근을 할 때는 월요일부터 토요일까지 출근하는 날에만 알람을 작동하게 한 것이 실수였다. 오늘이 일요일인지 전혀 몰랐다.
이윤호는 허둥지둥 급하게 자리에서 일어나 짐을 챙기고 경차에 시동을 걸었다.
"끼릭끼릭, 끼리리리릭."
"이런 빌어먹을……."
핸들을 손바닥으로 치면서 욕지거리를 해댔다.
차에 시동이 걸리지 않는 것이다.
'오늘 하루의 시작이 불안하다.'
잔뜩 얼굴을 찡그리며 멍한 표정으로 앞의 작은 산을 바라보고 있다.

잠시 후, 윤호는 견인차 조수석에 앉아 공업사로 가는 자신의 경차와 함께 하고 있다.

"언제쯤 수리가 끝날 수 있을까요?"

"오후 3시쯤에 오세요. 그때면 정비가 다 될 것입니다."

"예. 잘 부탁드립니다."

"걱정마십시요."

"그런데 렌터카를 빌리고 싶은데요?"

"아……. 여기는 시골이라서 그런 것이 없는데……."

"……."

이윤호는 난감한 표정으로 그를 쳐다봤다.

"하지만 오토바이 수리점이 있어서 그곳에서 빌리면 될 것 같은데요……."

"어디에 있습니까?"

"바로 길 건너에 있습니다."

이윤호는 정비공업사를 나와 맞은편에 있는 오토바이 수리점으로 들어갔다. 그곳에는 자전거와 오토바이가 함께 있었다.

"안녕하세요? 오토바이 좀 빌리려고요……."

사무실에서 키가 아주 작은 아저씨가 손에는 기름 범벅이 되어 이윤호에게로 왔다.

"얼마나 빌리려고요?"

"오후 3시까지 오겠습니다."

"작은 것은 지금 고장이고, 큰 것밖에 없는데……."

그는 그렇게 말하면서 밖에 세워져 있는 600CC, 기어 6단 일제 혼다 오토바이를 가리켰다.

"좋습니다. 저걸로 하죠."

이윤호는 군대 입대 전에 오토바이를 타고 전국 일주를 한 경험이 있다. 그때 타고 다녔던 오토바이도 저것과 비슷했다.

"면허증은 당연히 있겠죠?"

"예, 보여드릴까요!"

"됐수다. 그리고 헬멧은 반드시 쓰고 다니슈. 요즘 단속이 아주 심하니깐……."

이윤호는 지금 빌린 오토바이로 어제 머릿속에 넣어 두었던 저수지의 지도를 떠올리며 2차선의 지방 국도로 달리고 있다.

한참을 달리다가 목이 말라, 길 가장자리 옆에 잠시 정차하여 마른 목을 축이고 있었다. 그리고는 다시 출발하여 그가 찾는 길을 가려고 서서히 2차선으로 들어왔다. 5분쯤 그렇게 시속 80킬로미터로 달리고 있는데, 갑자기 1차선으로 무서운 속도로 질주하는 한 회색 승용차를 봤다. 이윤호는 순간 자신의 눈을 의심했다. 심장이 멈출 것 같았고, 온몸에서의 피가 끓어오르듯 붉게 달아오르는 느낌을 받았다.

바로 이윤호가 찾던 그 인간쓰레기의 차량과 일치했다. 차량의 모델과 색깔, 그리고 가장 중요한 번호까지……. 이때, 이윤호는 그만 너무 놀라서 중심을 잃고 넘어지고 말았다.

그의 몸은 옆의 논바닥으로 여러 번 굴러나갔고 오토바이는 넘어진 채 중앙선을 넘어 가드레일과 충돌하고는 간신히 그곳에 멈추어져 있었다.

이윤호는 큰 충격의 사고였지만 다행히 논바닥의 진흙 덕분에 아무런 부상도 입지 않았다. 그러나 온 몸에는 진흙으로 범벅이 됐으며, 그 중 온전한 곳은 헬멧을 쓴 머리만이 깨끗했다. 뒷주머니의 손수건으로 헬멧의 진흙을 닦으며 다짐했다.

'이럴 때가 아니다.'

이윤호는 다시 헬멧을 쓰고는 20미터 전방에 양쪽 거울이 모두 파손된 채 가드레일 옆에 누워있는 오토바이 쪽으로 뛰기 시작했다.

오토바이는 무척이나 무거웠다. 그러나 그는 젖 먹던 힘까지 써서 간신히 그것을 세우고는 얼른 시동을 걸었다.

다행히 시동은 한 번에 걸렸다. 그러고는 방금 놈의 차량이 지나간 쪽으로 무서운 속도로 뒤를 쫓아갔다.

소음기에서 굉음을 내며 6단 기어를 넣고, 시속 이백 킬로미터가 넘는 속도로 놈을 쫓아가고 있다.

'절대로 놓쳐서는 안 된다. 절대로……'

그렇게 십여 킬로미터를 가는데 전방에 놈의 승용차가 보였다.

"찾았다!"

이윤호는 다시 숨을 죽이며 어느 정도의 거리를 유지한 채 놈의 뒤를 따라갔다.

그 후, 몇 분을 지나서 놈은 우회전 길로 접어들었다.

이윤호도 천천히 그놈을 따라서 우회전을 했다.

이 길은 비포장 길이며 바퀴가 지나간 자리 외에는 모두 잡초와 우거진 각종 이름 모를 꽃과 나무들로 즐비했다.

그렇게 20분 정도를 따라갔다. 아마도 이윤호가 헬멧을 쓰고 있었기에 그를 알아차리지 못한 것 같았다. 내심 경차가 고장이 난 것에 감사할 따름이다.

큰 산을 넘어서 드디어 작은 연못이 보였다.

놈은 어느 텐트 앞에 차를 멈추고 검은색의 봉지를 들고는 그 텐트 속으로 들어갔다.

이윤호는 오토바이를 숨기고 조심히 그 텐트가 있는 쪽으로 다가갔다.

놈이 텐트에 가려서 보이지는 않지만, 버너 위에는 작은 코펠이 끓고 있었다. 아마도 뭔가를 해 먹으려는 모습이다. 이 텐트 주변의 물건들은 모두 고가의 캠핑 장비로 구성돼 있었다. 아마도 300만 원 이상은 줘야 살 수 있는 물건들이다.

그의 피 같은 돈으로 자기 가족은 죽음으로 몰아넣고서 이런 호사를 부린다는 생각을 하니, 이윤호의 얼굴은 다시 한 번 아주 노여운 기색으로 변해갔다. 그리고 크게 한 번 숨을 들이마시고 놈이 있는 곳으로 천천히 걸어간다.

가까이 가면 갈수록 그의 온 몸에선 열이 났고, 그와 동시에 주체할 수 없는 복수심과 분노가 자신의 심장을 더욱더 뛰게 만들었다.

그러면서 메고 있던 가방을 내려놓고 그 속에 있는 총과 소음기를 꺼내어 연결했다. 아직까지 헬멧을 쓰고 있어서 자신이 누구인지는 모르고 있을 것이다. 드디어 놈의 텐트 앞에 섰다.

"이봐, 인간쓰레기!"

"뭐야?"

이윤호는 아무 말도 하지 않고 놈이 밖으로 나오기를 기다렸다.

잠시 후, 고개를 숙이고 텐트 안에서 나오는 한 인간을, 아니 인간쓰레기와 이윤호는 그렇게 한동안 말없이 서로를 쳐다보고 있었다.

머리와 수염은 깔끔하게 정리되어 있었고, 옷차림도 여행자의 복장으로 마치 휴가를 즐기려는 사람과 같이 평온하고 안정되어 보였다.

그 모습을 본 이윤호는 좀 전의 분노보다도 더욱더 놈에게 가혹한 고통을 줘야 한다는 욕망이 끓어올랐다.

"너, 누구야?"

놈은 총을 보면서 겁먹은 표정을 하고 있다.

이윤호는 머리에 쓰고 있는 헬멧을 벗었다.

"아니⋯⋯. 너, 너는⋯⋯."

"허튼수작 부리지 마. 그럴수록 너의 명만 재촉할 따름이다. 너 같은 인간쓰레기는 총알 한 방으로 죽기에는 너무나도 호강하게 가는 것 같구나. 너는 내가 이 세상에서 가장 고통스러운 방법으로 너의 죄를 벌하겠다."

이윤호는 이 말을 남기고 오른손에 들고 있던 헬멧으로 놈의 옆머리를 있는 힘껏 내리쳤다.

"퍽!"

4. 완전범죄

파란색의 방수천을 씌운 낡은 기계가 눈앞에 보였다. 기계라고 보이지만 지금 눈앞에 보이는 저것은 기계가 아니고 삶과 죽음을 결정해 주는 하나의 추상적인 공간이라고 느껴졌다.

어둡고 희미한 달빛 아래서 어디에선가 뻐꾸기 우는 소리가 들렸고, 바로 앞 작은 개울가에서는 물 흐르는 소리가 규칙적으로 들려왔다.

일주일에 한 번씩 이곳에 올 때마다 느끼는 것이지만 휑뎅그렁한 이곳 창고 안은 2차 세계대전 당시 유대인을 학살하던 아우슈비츠의 시체 소각로와 같은 느낌을 받았다. 그 이유는 군대복무 시절 안보교육의 일환으로 폴란드에서 아우슈비츠를 관람하면서 본 것과 흡사했기 때문이다.

사람의 시체를 처리한 곳이나, 동물의 시체를 처리한 곳이나,

영혼이 분리된 육체를 처리하는 것은 모두 같았다. 바로 여기 이곳에 있는 모습들이 그것을 증명이나 하듯이……

지금 이윤호가 서 있는 앞에는 스스로 인간이기를 포기한 짐승보다도 못한 인간쓰레기가 온 몸에 푸른색의 천테이프를 둘둘 감은채로 반듯하게 누워있다.

'아직 의식이 돌아오지 않았지만, 앞으로 의식이 돌아오는 그 순간이 너의 삶의 마지막이 될 것이다. 그러니 최대한 오래 살고 싶으면 지금의 위치에서 오래도록 잠들어라. 이것이 네가 이승에서 숨을 쉬는 마지막이 될 테이나……'

그리고 한 시간쯤 지났을 무렵 그놈이 눈을 떴다. 정신을 차리고 눈을 뜨고는 이리저리 주변을 살피고 마지막으로 온 몸이 꽁꽁 묶여 있는 자신의 모습을 본 놈은 목숨을 애타게 구걸하는 눈빛으로 눈물을 흘리며, 겁에 질린 시선으로 이윤호에게 입을 열었다.

"살려줘!"

이윤호는 힘없이 그놈을 쳐다보며 말했다.

"네가 한 짓을 알고 있는가?"

"사고……, 사고였어. 돈만 주면 조용히 나가려고 했는데 그년이 자꾸만 거절하는 바람에……"

"너는 돈이 너의 가족보다도 더 소중하다고 생각하나?"

이 말을 들은 놈의 표정이 갑자기 돌변했다.

겉으로는 선량한 척 포장을 했지만 그 안에서 드러날 것 같지 않던 악의 본능이 고개를 들며 소리쳤다.

"죽이려면 빨리 죽여, 이 개새끼야! 나도 이런 엿 같은 세상 더 이상 살고 싶지 않아!"

"너의 지난날의 삶이 어떠했는지 난 궁금하지 않다. 그러나 중요한 것은 모든 사람들이 과거에 불행한 삶을 살았다고 너처럼 그렇게 인간쓰레기로 살지는 않아. 각자 주어진 환경에서 그것을 극복하고 이겨내며 더 이상 과거에서의 훼손된 삶을 살지 않으려 노력하지. 착하게 살면 언젠가는 복을 받고, 그 반대로 너처럼 살면 벌을 받는 것처럼."

이윤호의 이런 말에 끄덕도 하지 않고 놈은 지껄여댔다.

"지랄염병하고 자빠졌네."

이윤호는 저놈의 반응이 당연했지만, 한편으로는 내심 다행이라고 생각했다. 만약 좀 전처럼 끝까지 살려 달라고 애원을 한다면 자신 역시 마음 한 구석이 무거웠을 것이다. 그러나 지금도 저렇게 본인의 잘못을 모르고 득의양양한 모습으로 나오니 자신의 부담이 조금은 덜어 다행이었다.

그러면서 놈은 무엇인가 그에게 들리지 않는 목소리로 한 단어를 연속해서 부르는 것 같은 입모양을 하고 있었다.

지금 이 상황에서 놈은 무엇을 생각하고 있는지 이윤호는 궁금하지도 또는 알고 싶지도 않다.

"이제부터 네가, 아니 인간쓰레기를 내 손으로 직접 처리하겠다. 인간이기를 포기하고, 짐승보다도 못한 너는 이 세상에 살아야 할 의미가 전혀 없다. 너 같은 인간쓰레기와 함께 살아가는 선량한 사람들에게서 영원히 분리되는 것이 옳다. 마지막으로 하고 싶은 말을 해라."

"그래, 이왕 왔다가 가는 인생이야. 너 말대로 난 이 세상에 태어나지 말았어야 했어. 나도 좋은 가정에서 잘 태어났다면 여기까지 오지는 않았을 테니까……. 죽이려면 빨리 죽여 이 개새끼야. 나도 더 이상 이 엿 같은 세상 살고 싶지 않으니까. 만약에 네가 여기서 날 죽이지 않고 내가 다시 세상 속으로 돌아간다면 나는 지금보다도 더 개 같이 살 거니까, 빨리 죽이라고 이 개새끼야!"

노여운 기색으로 쳐다보는 놈에게 가서 이윤호는 이렇게 말했다. 그리고 그의 오른손에는 큰 도끼가 들려 있다.

"다음 생에는 부디 좋은 가정에서 태어나 착한 인간이 되거라……."

어쭙잖은 자비도 놈에게는 과분하다는 생각이 들었다. 그리고는 들고 있던 큰 도끼로 놈의 두 무릎을 내리쳤다. 고막이 터질 듯한 비명소리와 함께 붉은색의 피가 사방으로 퍼지며 그 주변을 온통 피범벅으로 물들고 있었다.

놈은 아직도 숨을 쉬면서 이윤호에게 이렇게 말하고 있다.

"야, 이 새끼야! 겨우 그 정도야? 하하하."

이윤호는 아무런 말없이 천천히 몸을 움직여 이번에는 양쪽 팔을 잘라냈다. 아직도 숨은 끊어지지 않았다. 눈은 떴지만 힘이 없고 입에서도 피가 나오기 시작했다. 이윤호는 놈이 고통을 받게 약간 시간을 끌었다. 다음으로 그는 마지막 숨통을 끊기 위해서 가늘게 움직이는 목을 내리쳤다.

이윤호는 한동안 그 자리에 주저앉아 피범벅이 된 자신의 얼굴을 수건으로 닦으며 놈의 시신을 쳐다봤다.

선명한 붉은 피가 흘러내리며 주위를 물들기 시작했고, 인간쓰레기의 피는 그와 다른 이들의 피와는 다른 색이라고 생각했다. 그러나 그것은 잠시 동안의 그의 착각이었다. 피의 색은 인간이건 인간이 아니건 간에 모두 붉은 색의 성질을 띠었다.

그러나 그는 그것이 불공평하다는 생각이 든다. 이런 짐승만도 못한 인간쓰레기도 똑같은 색의 피를 가졌다니. 이런 놈과 같은 하늘아래서 같이 숨 쉬고 있다는 사실 자체가 불결하기 짝이 없어 구역질마저 나오려 한다. 그러면서 갑자기 수영엄마와 수영이가 생각났다. 바로 앞에 쓰러져 있는 인간쓰레기의 모습을 보면 볼수록 이윤호는 화산이 폭발하는 듯한 분노와 증오심이 더욱더 커져만 갔다.

이윤호는 두 발로 놈의 조각난 몸 위에 올라가 마구 발로 차며, 짓밟고 욕을 하고는 침을 뱉었다.

잠시 후, 흥분된 마음을 진정시키고 이제는 이 모든 끔찍한
일들을 숨기는 과제만이 남았다.

창고 안에 있는 파란 방수천을 내리자 이윤호가 주말에 늘
작동했던 낡은 포클레인이 보였다. 조각난 놈의 시신을 포클레
인 바가지에 모두 싣고는 시동을 걸고 밖으로 이동했다. 요란
한 시동소리와 무한궤도가 돌아가는 소리가 이곳의 고요함을
방해했다.

100미터 가량 길을 따라 숲으로 들어가자 평평하고 우거진
숲이 눈앞에 들어왔다. 바가지에 있는 놈의 시신을 내려놓고는
그 육중한 포클레인의 무한궤도로 마구 짓밟고 지나갔다. 그
렇게 전진과 후진을 반복한 끝에 시신의 형체는 알아볼 수 없
을 정도로 내장과 뼈는 모두 짓눌려 있었고, 이윤호는 다시 그
위에 미리 염산공장에서 준비한 공업용 염산을 그 흉칙한 시신
위에 서서히 뿌렸다. 그러자 탁한 색의 거품과 화학 냄새가 진
동했으며, 그렇게 놈의 형체는 사라져 가고 있었다.

머리를 제외한 놈의 모든 시신은 약간의 흔적만 남기고 모두
사라졌다. 그는 포클레인에서 내려와 자신의 가방을 꺼내어 미
술학원에서 늘 사용하던 분장용 도구들을 놈의 머리 옆에 놓
았다. 먼저 시신 얼굴에 이물질을 분장용 붓으로 깨끗하게 제거

하고 대머리용 캡(망사로 되어 있다)을 머리에 씌웠다. 얼굴에 다시 로션을 발라 알지네이트(치과에서 이빨 형틀을 뜰 때 쓰는 용액)가 잘 떨어질 수 있도록 했다. 얼굴에 모두 알지네이트를 바르고 잠시 굳기를 기다렸다.

평소엔 이것을 바르기 전에, 호흡을 위해서 콧구멍으로 조심스럽게 숨구멍을 만들어야 했지만 지금은 그럴 필요가 없다. 그 사이 알지네이트가 모두 굳었다. 다시 물과 석고붕대를 적당히 적셔 굳은 얼굴 표면에 꼼꼼하게 발라 주었다.

그리고 얼마 후, 얼굴에 붙었던 모든 부분들을 조심스럽게 떼어냈다. 떼어낸 음각틀 안에 묽은 석고 반죽을 모두 부었다. 시간이 흘러 굳은 석고 반죽을 그 보기 싫은 얼굴에서 서서히 분리하여 완전한 놈의 얼굴이 형성된 양각틀이 나왔다.

이 모양으로 특수분장을 이용해서 이윤호 자신의 얼굴에 붙이면 된다. 다행히 놈의 얼굴 크기와 모양의 비율이 자신과 비슷했다. 이윤호의 볼살이 약간은 없지만 그것은 인공스킨으로 들어간 볼살을 살짝 나오게 하면 아무 문제가 될 것이 없다.

주변에는 짙은 회색 구름이 깔려 있고, 그 우중충한 하늘 아래로 부스럭 소리를 내며 여러 낙엽들이 바람에 스쳐 나부끼고 있다. 이윤호는 다시 모든 작업이 끝난 놈의 머리를 잡아 포클레인의 무한궤도 밑에 놓고는 다시 좀 전의 과정처럼 포클레인의 전진과 후진을 반복했다. 그리고 옆에 있는 풀숲에 작은 웅덩이를 파고 이 주변의 잔재들을 하나도 남김없이 그 웅덩이에 파묻었다. 이윤호의 모든 완전범죄는 성립된 것이다.

그 사이 새벽이 되어 가고 있었다. 시간은 새벽 4시 정각. 시간이 없다. 빨리 다음 단계로 행동을 옮겨야 할 것이다. 이윤호는 서둘러 모든 장비와 물건들을 제자리에 놓고는 해가 뜨기 전에 이곳을 빠져나와, 남들의 눈에 띄지 않으려 급히 경차를 타고 원룸으로 향했다.

"알려드립니다. 오전 9시 40분 대만으로 출발하는 캐세이퍼시픽항공 1677편을 이용하시는 승객께서는 4번 게이트로 오시기 바랍니다."

이윤호는 지금 공항에서 출국하려고 준비하고 있다.

무빙워크를 지나가며 자신의 모습이 보이는 거울을 쳐다봤다.

속에 있는 진짜 모습은 이윤호이지만, 겉모습은 정민국이다. 바로 며칠 전에 자신의 방식대로 처리한 그놈의 모습을 하고 있는 지금, 그는 이윤호가 아닌 정민국이 되었다.

"여권 좀 보여주시죠?"

"예."

공항 출국 검색대에 서서 검사원에게는 여권을 보여주고, 짐은 X선 검색기에 넣었다.

"정민국 씨?"

이름을 부르며 여권의 사진과 그를 쳐다본다.

"예."

"좋습니다."

이윤호는 무사히 보안 검색과 출국심사를 통과했다.

지난번 위조한 두 개의 여권 중에 하나는 '정민국'의 여권과 하나는 일본인 '타야마 소지'라는 이름으로 만들었다.

그가 대만을 택한 이유는 우선 단기간의 무비자 입국이 가능하고, 비용이 저렴하며, 한국과 가깝기 때문이다. 지금 특수분장으로 정민국의 가면을 쓰고는 있지만 심적으로 많은 부담감을 안고 있다. 특히 몸에서 땀이 나면 절대로 안 된다.

한국은 9월 말의 서늘한 가을이지만, 지금 대만은 아열대 기후로 몹시 더울 것이다…….

그렇게 3시간의 비행 끝에 대만의 도원국제공항에 도착했다.

다시 한 번 긴장감이 들었다.

이윤호는 입국심사대에 섰다.

이윤호의 차례다. 긴장이 되고 심장이 빠르게 뛰고 있었다. 입국 검사원에게 여권을 주고, 옆의 X선 검색기에 가방을 넣었다.

이윤호는 그에게 억지웃음을 살짝 보였다.

30대 초반의 여성 검사원은 이윤호에게도 살짝 웃으며 여권을 돌려주었다.

"감사합니다."

이윤호는 여권과 가방을 들고 빠른 걸음으로 공항 입국장을 나와 밖의 택시 정류소로 갔다.

날씨는 이윤호가 예상한 결과와 일치했다.

얼른 택시에 올라타고 자신이 갈 호텔의 이름을 기사에게 말했다.

택시 안에는 그나마 에어컨이 시원하게 작동되어 얼굴에 있는 특수가면이 벗겨지지 않았다.

20분 후 택시는 시내의 작은 호텔에서 그를 내려줬다. 이윤호는 호텔로 들어가 체크인과 동시에 열쇠를 받고 자신의 방으로 들어갔다.

그는 제일 먼저 화장실로 들어가서 얼굴에 있는 인간쓰레기의 가면을 잡아 뜯었다. 이 세상에서 가장 더럽고 추악한 가면이다. 그리고 옷을 벗고 긴장된 몸을 깨끗이 씻고 식혔다.

그렇게 샤워가 끝나고 방에 있는 침대의 끄트머리에 앉아 불과 며칠 전에 있었던 일들을 생각했다. 그리고 맞은편 작은 화장대 거울에 비친 자신의 얼굴을 들여다봤다. 그 거울 속에는 자신이 얼마 전에 무엇을 했는지 알고 있다는 듯 그 거울 속의 그는 또 다른 자신의 모습으로 자신을 쳐다보고 있었다.

죄책감이란 전혀 찾아볼 수 없는 모습. 당연히 죽을 놈이 죽었을 뿐이다. 그는 짐승보다도 못한 놈을, 아니 인간이기를 포기한 인간쓰레기를 아주 쓸모 있게 재활용이란 방법으로 이 땅의 값싼 거름으로 갈 수 있게 오히려 도와주었을 뿐이다. 그러므로 자신은 죄책감 같은 추상적인 단어 앞에 두려워할 필요 따위는 결코 느끼지 않을 것이다.

지금 매우 허기가 진다. 어제 저녁부터 아무것도 먹지 못했다. 올 때 기내에서 음식이 나왔지만 혹시라도 특수가면에 지장이 갈까 참았다. 그렇다고 지금 밖으로 나가서 뭘 먹을 수도, 룸서비스를 할 수도 없는 상황이다. 그 이유는 이 룸에 들어왔던 사람의 얼굴과 지금 있는 사람의 얼굴이 다르기 때문에 혹시라도 남에게 의심을 받을 행동은 하지 않는 것이 좋을 것 같았다. 아직 긴장의 끈을 놓으면 절대로 안 된다.

이곳 대만 현지 시간으로 오후 3시다.

이윤호는 저녁 8시 20분 비행기로 다시 한국으로 입국한다. 다시 그는 자신이 가져온 가방을 열고, 이번에는 위조 여권에 있는 일본인 사진으로 변장하기 위해서 준비하고 있다.

침대에 작은 메이크업 매직 세트와 30여 가지의 아이섀도, 파운데이션, 가발, 콧수염 등등 필요한 도구들이 놓여 있었다.

1시간여의 노력 끝에 여권사진과 똑같은 모양의 얼굴이 나왔다. 이윤호가 저녁시간으로 비행기를 예약한 이유는 혹시라도 습한 이곳 날씨 때문에 땀이 흘러 중간에 분장이 지워지면 안 되므로, 서늘한 저녁에 출발하기로 한 것이다.

'아……. 여전히 배는 고프다.'

"예, 수사과장 김동현입니다."

"예, 수고가 많으십니다. 여기는 출입국관리소입니다."

그는 불길한 예감이 들었다.

"예, 그런데 무슨 일로 전화하셨습니까?"

"다름이 아니라 지난달 공문에, 아마도 제가 생각하기로는 협조공문을 받은 기억이 있는데, 그때 이름과 주민번호가 기억이 나서……. 그때 그 공문에 적혀 있는 정민국이란 사람이 오늘 오전 9시 40분 비행기로 대만으로 출국을 한 사실이 확인돼 이렇게 전화드립니다."

순간 그는 말할 수 없는 절망감과 자괴감이 몰려왔다.

"예, 정보 감사합니다."

힘없이 수화기를 내려놓고는 모든 형사들에게 호출 신호를 보냈다.

잠시 후, 모든 형사들이 한 명도 빠짐없이 관할 경찰서 회의실로 모였다.

모두들 무슨 일인가 싶어서 서로에게 물어봤지만 질문을 하는 사람이나, 듣는 사람이나 모두 모르기는 다 똑같았다. 그는 무거운 발걸음으로 회의실 정중앙 탁자에 서서 잠시 여기 모인 사람들을 한 번씩 쳐다보았다.

그리고는 무겁게 입을 열었다.

"여러분!"

모두들 쥐 죽은 듯이 조용한 가운데 그에게 주목하고 있었다.

"방금 전에 출입국관리소에서 전화가 한 통 왔습니다."

모두들 다시 눈을 크게 뜨고는 몸을 앞쪽으로 숙이는 것 같았다.

"실종자 정민국이 오늘 아침 9시 40분 비행기로 대만으로 출국했다는 정보입니다."

모두들 큰 한숨과 자괴감이 섞인 표정으로 고개를 떨구었다.

"그럼 어떻게 되는 것입니까?"

임종철 형사가 질문한다.

"사건이 더 힘들게 될 것 같습니다. 대만과 우리나라는 범죄인인도조약이 국교 단절 이후에 그것도 함께 해지가 되어서요……."

이때, 부장이 화가 머리끝까지 나서 회의실로 들어왔다. 때마침 천장에 있는 형광등 하나가 수명이 다 돼서 깜빡이고 있다.

"잘한다, 잘해! 아주 잘하고 있어."

우리들은 모두 고개를 떨구며 아무 말도 하지 못했다.

"이봐, 수사과장!"

그러면서 깜빡이는 형광등을 쳐다보며 인상을 심하게 쓴다.

"예!"

"지금 즉시 형사를 대만으로 급파해서 그놈 잡아와! 첩보에 의하면 정민국이 한 호텔에서 체크인했다고 하니깐 늦기 전에 당장! 지금 비행시간 알아보고 즉시 출발할 수 있도록, 알겠나?"

그러면서 부장은 다시 한 번 깜빡이는 형광등을 쳐다본다.

"예, 알겠습니다."

그는 거수경례를 했다.

부장이 회의실을 나가자, 그는 다시 중앙의 테이블로 서서 말했다.

"자, 대만으로 지금 출발할 수 있는 형사는 거수하세요?"

그러자 임종철 형사와 박형사가 손을 들었다.

"좋습니다. 두 분은 지금 즉시 공항으로 출발하시기 바랍니다."

"예! 알겠습니다."

그 후, 두 형사는 공항에서의 모든 절차를 마치고 4시 20분 대만으로 떠나는 비행기에 탑승했다.

"아! 임형사님?"

"왜?"

박형사가 피곤한 듯 눈을 감으며 임형사에게 말한다.

"별일이 다 있네요."

"뭐가?"

"실종자 찾으러 외국까지 가잖아요……."

"우리가 일을 잘 못해서 그렇지 뭐……."

"저는 비행기 오늘 처음 타보는 건데요. 근데 기분이 별로네
요……."

"나중에 장가가면 색시하고 비행기 탈 때는 기분 좋을 것이
니 걱정하지 마, 이 사람아."

"그래야 할 텐데요."

그렇게 두 사람은 저녁 7시 10분에 대만 도원국제공항에 도
착했다.

"임형사님, 저 배고파요. 뭐 좀 먹어요!"

"이 사람아, 아까 기내식 먹었잖아?"

"그거 고양이 밥만큼 나와서 저는 간에 기별도 안가요……."

"아, 참나."

"간단히 햄버거 하나씩만 먹고 가요, 임형사님?"

그는 임형사의 팔을 억지로 잡고 공항 내에 있는 햄버거 가게
로 갔다.

– 현지 대만시간 저녁 7시 30분 –

한편, 이윤호는 일본인으로 변장을 하고 호텔을 빠져나왔다. 그도 8시 20분 한국행 비행기를 타기 위해 공항으로 출발했는데 호텔에서 굳이 체크아웃은 하지 않았다. 그 이유는 같은 방 안에는 정민국의 얼굴이 아니고 낯선 일본인이 나왔으니 카운터에서는 아직도 정민국이 묵고 있는 줄 알 것이다.

이윤호도 배고픔을 참지 못하고, 공항 내의 한 햄버거 가게로 가고 있었다.

– 현지 대만시간 저녁 7시 30분 –

이윤호가 햄버거 가게에 들어가서 주문을 하려는데 한국말로 대화를 나누는 소리가 들렸다.

"자, 자. 어서 먹고 빨리 가자."

그러면서 큰 햄버거 하나를 집어 든다.

"아, 참나……. 임형사님, 밥 먹을 때는 개도 안 건드려요."

햄버거를 주문하려는 이윤호는 순간, 심장이 멈추는 듯 놀랐다. 그는 억지로 자연스럽게 주문을 하고는 그 한국인 두 사람의 테이블 뒤로 갔다.

손은 햄버거를 잡고 있지만 온 몸의 신경은 앞쪽으로 집중해 있었다.

"호텔이 여기서 가까운 곳에 있어야 하는데……."

"그래야죠. 근데 그 정민국은 왜 대만에 왔죠?"

"그걸 왜 나에게 물어보나 이 사람아. 이따가 잡아서 직접 물어보라고."

뒤에 있던 일본인 변장을 한 이윤호는 갑자기 손이 떨리기 시작했다.

'벌써 경찰이 눈치를 채고 이곳까지 왔다니 정말로 놀라운 일이구나. 호텔에서 조금만 더 지체를 했다면 아마도 저들에게 잡혔을 것이다. 지금쯤은…….'

서서히 일어난 이윤호는 주문받았던 음식들을 쓰레기통에 모두 버리고 유유히 그곳을 빠져나왔다.

"자, 자. 다 먹었으니 이젠 일하러 가자."

"아직요, 콜라도 마셔야죠."

"그럼, 나 먼저 간다."

"임형사님, 같이가세요……."

두 형사는 공항에 있는 택시 정류장에서 택시를 잡아타고서 호텔의 이름을 알려주었다.

그러자 그 택시 기사는 낮에도 한 손님이 그 호텔로 가자고 해서 데려다 주었다고 서툰 영어로 이야기했다.

그 말을 들은 임형사는 얼른 사진 한 장을 꺼내어 그 기사에게 보여주었다.

그러자 그 기사는 웃으며 맞는다는 듯 여러 번 고개를 끄덕였다.

이윤호는 출국심사를 하기 위해서 출국심사대에 줄서 있다.

머릿속에는 오매불망 전에 있었던 기억들이 맴돌았다.

'내가 지금 왜 이러고 있는지.' 스스로에게 질문을 던지며……

개인적인 원한으로 기억 속에 각인된 상처들이 이제 와서 죄책감에 부추겨서 후회하는, 자신의 인생에 있어 자기혐오에 시달리는 생각 따위는 결코 있을 수 없는 일이고, 또 그렇게 할 것이라 이미 다짐했던 것이다.

이윤호의 차례가 돌아왔다.

입국심사 때와 똑같이 이윤호는 일본인 여권을 내밀고 가방을 X선 검색대에 넣었다.

앗! 그런데 지금 출국심사대 검사원은 아까 전에 입국심사 때 심사하던 그 30대의 여직원이다.

잠깐 동안 이윤호를 쳐다보고 다시 여권의 사진과 비교를 한다.

순간 이윤호는 긴장하기 시작했다.

'이 여자가 나를 알아보려나? 설마, 그것은 절대로 불가능하다.'

다시 한 번 이윤호와 여권의 사진을 번갈아 보면서 확인하고 있다.

혹시라도 그녀가 일본어로 말을 건다면 정말로 큰일이다. 이윤호는 일본어를 전혀 할 줄 모르기 때문에 만일 그런 일이 일어난다면, 그는 여기서 끝장이다.

그러나 그런 걱정도 잠시, 그녀는 그에게 하얀 이를 드러내 보이며 살짝 미소를 띠었다.

그도 살짝 억지웃음을 지으며 여권과 가방을 챙기고서 서서히 출국장을 통과하여 자신이 타고 갈 비행기의 탑승구 쪽으로 걸어갔다. 그리고 비행기 안으로 들어가 지정된 좌석에 앉고는 긴장된 마음을 조금 진정시켰다.

잠시 후, 비행기가 이륙하고 정상적인 고도와 속도를 유지할 때 기내에는 앞쪽부터 기내식이 나오고 있었다. 아무리 쥐도 새도 모르게 이 일을 하고는 있지만 먹지 않고서는 힘들다.

그에게 나온 기내식을 하나도 남기지 않고 모두 먹어 버렸다. 그리고 마지막 입가심을 하려고 물 컵을 입에 데려고 하는 순간, 그만 비행기의 기체가 난기류와 만나서 잠깐 동안 심하게 요동을 쳤다. 그 순간 그의 손에 있던 물 컵이 튀어 물방울들이 눈썹에 묻었다.

순식간에 일어난 일이다. 그는 얼른 화장실로 뛰어 들어가 거울을 봤다. 그러나 결과는 절망적이다. 이미 인공 눈썹이 붙은 특수본드가 물에 녹아내렸고, 그 덕분에 가짜 눈썹은 반쯤 떨어져 내려왔다.

"빌어먹을……"

뿔테 안경을 벗고 거울을 보며 그는 대만 호텔에서 변장을 하고 모든 증거물을 없애기 위해서 특수분장 도구들을 모조리 쓰레기통에 버렸었다.

"빌어먹을……. 빌어먹을……"

욕을 해대며 그는 주먹으로 앞 세면대를 내리쳤다.

'빨리 방법을 찾아야 한다. 빨리……!'

순간 화장실 바닥에 떨어져 있는 기내식용 플라스틱 칼이 눈에 띄었다.

"그래, 바로 저거야!"

그는 그 플라스틱 칼을 비누로 깨끗이 여러 번 씻고는 중간을 양 손으로 눌러 부러뜨렸다.

양 끝에 부러진 칼, 그 중에서 가장 날카로운 부분으로 그 반쯤 떨어져나간 눈썹에 3센티미터 가량 상처를 냈다. 피가 나오기 시작했고 그때 그는 화장실의 비상버튼을 눌렀다.

그러자 두 명의 기내 승무원들이 그가 있는 곳으로 달려왔고, 그는 얼른 그들에게 상처를 보여주었다.

그러자 한 승무원이 어디론가 뛰어나가더니 작은 구급상자를 가지고 왔다.

이윤호는 재빨리 그 구급상자를 건네받고 다시 화장실의 문을 잠갔다.

상자 안에는 여러 가지 구급용품들이 있었다. 그 중에서 지혈용 밴드와 약간의 솜을 꺼내어 거울을 보며 상처가 난 부위를 솜으로 누르고 그 위에 지혈용 밴드로 붙였다.

이것으로 감쪽같이 떨어져 나간 인공눈썹을 가릴 수 있었다. 그리고는 자신의 자리로 돌아와서 다시 승무원을 호출했다. 아까 전의 그 두 명의 승무원이 걱정된 표정으로 그에게 다가왔다.

이윤호는 괜찮다고 서툰 영어로 말하며, 한 가지 부탁이 있다고 말했다.

그것은, 여권사진에는 지금의 상처부위가 없었기 때문에 아마도 입국심사 때 이 모습을 심사관이 보면 좀 이상하게 생각할 수가 있으니 자신이 여기서 부주의로 눈썹에 상처가 나, 이렇게 밴드를 붙였다는 확인서를 써달라고 부탁했다.

그러자 옆에 있던 남자 승무원이 알았다는 듯이 어디론가 갔다.

잠시 후, 그 남자 승무원은 항공사 로고가 선명하게 찍힌 흰 봉투를 그에게 내밀었다.

그는 그것을 받아들고는 속에 있는 작은 용지를 꺼내어 봤다.

그곳에는 영문으로 이렇게 쓰여 있었다.

『캐세이퍼시픽항공 101 편의 승객인 일본인 '타야마 소지'는 중국의 남부 해안의 고도 1 만 피트 상공에서 난기류로 인한 그 충격으로 왼쪽 눈썹에 약간의 찰과상을 입었습니다. 거기에 따라 응급조치로 왼쪽 눈썹 부위에 작은 지혈을 위해서 밴드를 부착했으니, 입국심사관께서는 이에 참고하시길 바랍니다.』

캐세이퍼시픽항공 101 기장
왕중천 드림

그는 그것을 다 읽고 나서 봉투 안에 넣고는 앞의 승무원에게 감사하다고 고개를 숙였다.

그러자 승무원은 이번에도 봉투 하나를 다시 이윤호에게 주었다.

이윤호는 다시 궁금한 표정으로 그가 준 봉투를 받고는 이것이 뭐냐고 묻자, 승무원은 약간의 치료비를 넣었다고 서툰 영어로 이윤호에게 웃으며 말했다.

이윤호가 그 봉투를 사양하며 다시 그 승무원에게 돌려주려고 하자, 승무원은 규정상 있는 일이니 작지만 받아서 꼭 치료에 쓰라며 인사를 하고는 이윤호 앞에서 사라졌다. 이윤호는 속으로 긴장은 했지만 자신이 살고자 약간의 액션을 했는데, 이렇게 치료비까지 준비해서 주니 약간은 미안한 마음이 들었다.

봉투를 살짝 열어서 그 속에 얼마나 있나 하고 봤더니 30달러가 들어 있었다.

그는 다시 그 돈을 봉투에 넣고는 다시 승무원을 호출했다. 그러자 이번에는 아주 키가 크고 예쁜 20대 중반의 여승무원이 왔다.

"무슨 일 있으십니까?"

"이거요."

그는 봉투를 그 예쁜 승무원 아가씨에게 건넸다.

"아니 이것은……."

그러면서 승무원이 그를 쳐다봤다.

"유니세프 기금으로 써 주세요."

그러자 그녀는 환한 미소로 그에게 이렇게 말했다.

"정말로 감사합니다. 그렇게 하도록 하겠습니다. 저는 이래서 일본인이 좋습니다."

그 승무원은 그에게 살짝 윙크를 하고는 앞으로 갔다.

'이거 미안해서 어떡하나……. 난 일본인이 아니라 한국사람 인데 이거 졸지에 일본사람 좋은 일만 시켰구먼. 아, 참나. 이거 좋은 일 하고도 기분이 찜찜하네…….'

그렇게 2시간 40분의 비행이 끝나고 지금은 인천공항에 도 착하여 모두들 공항 입국장으로 몰려가고 있는 중이다. 긴 줄 이 이어져 있었으며 다시 이윤호의 심장이 뛰기 시작했다. 여기 만 무사히 넘기면 그의 모든 범죄는 완전범죄로 성립된다. 여기 만 잘 넘으면…….

앞 사람이 통과하고 드디어 그의 차례가 돌아왔다.

그는 자연스럽게 살짝 고래를 숙이고 여권과 좀 전의 항공기 기장이 써준 증명서를 함께 내밀었다. 입국심사원은 궁금한 표 정으로 그 봉투를 천천히 읽어보더니, 여권과 그의 얼굴을 여러 번 확인을 하는 모습이다.

그는 살짝 왼쪽 눈썹을 만지며, 약간 아픈 표정을 지었다. 마음속의 불안한 심정이 표면으로 드러나지 않을까 슬쩍 검사관의 눈치를 살폈다. 여러 번 여권의 사진과 이윤호를 확인하고서 드디어 입국도장을 찍어 주었다.

그가 여권과 가방을 받아들고서 유유히 입국장을 빠져나오려는 순간, 뒤에서 누군가가 그에게 소리쳤다.

"헤이!"

방금 전 입국검사대 검사원이 그를 부르고 있다. 그는 순간 심장이 멈추는 느낌을 받았고, 이젠 끝장이구나 하는 생각으로 고개를 숙이고 소리가 나는 쪽으로 뒤돌아봤다.

"임형사님, 언제까지 여기서 기다리고 있어야 하나요?"

"글세……. 오늘 안에는 호텔로 들어오겠지……."

"호텔에 다시 한 번 잘 이야기 좀 해 보세요."

"영장 없이는 아무도 문을 열 수가 없다고 하잖아."

"그럼, 빨리 한국대사관에 가서 영장 받아오죠?"

"나도 그러고 싶은데, 90년대 대만하고 국교를 단절하면서 대사관은 철수하고 영사관이 있는데 거기서 영장받으려면 며칠은 걸릴 수 있다고 하더군."

"그럼 CCTV 좀 보자고 하세요?"

"그것도 안 된다고 하는군."

"에이, 빌어먹을……."

느닷없이 짜증이 몰려오기 시작했다.

대만의 현지 시간 저녁 10시 40분.

임형사는 갑자기 핸드폰을 꺼내서 한국의 관할 수사팀에 국제전화를 걸었다.

신호음이 간다.

"여보세요?"

"예. 대만에 있는 임종철 형사입니다."

기다렸다는 듯이 목소리가 커진다.

"응, 그래! 어떻게 됐어?"

"예. 정민국이 묵었던 호텔에 있습니다. 그런데 호텔 직원 말로는 들어가는 것은 확인을 했는데, 나오는 것은 확인을 못했다고 합니다. 아직 체크아웃이 안 돼서요……."

"그럼 호텔에 사람이 있는 거야, 없는 거야?"

"그게 아무리 인터폰을 해도 받지를 않습니다."

"그럼 직접 확인을 하면 되잖은가?"

"그런데 호텔 규정상 함부로 문을 열 수가 없다고 합니다."

"알았어, 그럼 내가 외무부에 알아봐서 연락줄 게……."

"예, 알았습니다."

옆에서 조용히 인상을 쓰며 박형사가 물어본다.

"뭐래요?"

"조금 더 기다리래."

"아…… 배고파요, 임형사님. 우리 밥 먹어요. 지금 저녁 10시가 넘었다고요……."

"그래, 교대로 먹자. 우선 먹고 와."

박형사의 팔을 잡고 문 쪽으로 향해 보내는 시늉을 했다.

그러자 박형사는 그런 임형사를 쳐다보며 하소연하듯 말했다.

"임형사님도 같이 가야죠. 저는 영어를 하나도 못 하는데 어디 가서 혼자 뭘 먹으라고요. 이 늦은 시간에……."

이 말을 들은 임형사는 어이가 없다는 표정으로

"호텔 옆에 24시 편의점 있어. 아무거나 사고 계산하면 돼. 그러니 가서 빵하고 우유나 사가지고 와!"

"아이참, 난 밥 먹고 싶은데……."

그 후, 두 형사가 배고픈 허기를 간단히 해결하면서 그렇게 2시간이 더 지났을 무렵 호텔 현관문이 열리고 두 명의 남자들이 들어왔다.

그 남자들이 두 형사에게 와서 물었다.

"한국에서 오셨죠? 저희들은 영사관 직원들입니다."

그러면서 그들은 서로 악수를 나누고, 그 영사관 직원들이 호텔 안내데스크에 종이 한 장을 보이더니 곧 바로 그 호텔 직원을 따라갔다. 형사들도 재빨리 그들을 따라 엘리베이터에 함께 몸을 실었다. 5층에서 엘리베이터가 정지했고, 복도 끝에 있는 509호실로 갔다. 호텔 직원이 비상 열쇠로 그 문을 열자 형사들은 드디어 찾는 것을 찾았구나 하는 희망에 부풀어 있었다.

방 안에는 여기저기 사람이 있었던 흔적을 보여주었고 향긋한 화장품과 비슷한 냄새가 솔솔 풍겼다.

임형사와 박형사는 주변을 꼼꼼히 뒤지며 정민국의 흔적을 찾았지만 아무것도 찾아내지 못했다.

방문 뒤로는 아직도 호텔 직원과 영사관 직원들이 가지 않고 그들의 행동을 지켜보고 있었다.

이때, 임형사가 그 영사관 직원들에게 가까이 가서 이곳의 CCTV 좀 보자고 부탁했다.

그러자 한 직원이 중국어로 호텔 직원에게 뭔가를 이야기하더니 따라오라는 시늉을 했다.

그들은 모두 호텔 직원이 향하는 곳으로 따라갔다.

다시 엘리베이터를 타고 이번엔 지하 2층으로 내려갔다. 그곳에는 작은 사무실이 있었는데, 그곳에 있는 직원에게 사정 이야기를 하고 정민국이 들어오는 시간과 나가는 시간을 모두 부탁했다.

그러자 그 직원은 컴퓨터 자판을 이리저리 눌러보더니 정확하게 정민국이 들어가는 장면을 포착했다. 그러나 방 안으로 들어가는 장면은 있는데 밖으로 나가는 장면은 없고, 그 방에서 엉뚱한 사람이 나가는 것만 포착이 됐다.

"이상한데요……."

"글쎄……."

"이 콧수염의 뿔테 안경은 누굴까요?"

우리는 다시 이 콧수염과 뿔테 안경의 사람이 정민국의 방으로 들어가는 장면을 부탁했다.

그러나 아무리 찾아봐도 찾을 수가 없었다.

임형사는 좀 전의 방 안에서 나던 화장품 냄새와 여러 주변의 상황과 그곳에서 나온 뿔테안경의 콧수염을 연관시키며 생각에 잠겼다.

그러던 그가 갑자기 주먹으로 벽을 세게 치면서 아무런 생각도 할 수 없는 이 상황이 답답하고 스스로에게 분통이 터질 듯, 억누를 수 없는 감정을 억지로 눌러 진정시키며 자리에 털썩 주저앉으며 이렇게 말한다.

"속았다."

이윤호는 고개를 떨구며 그를 부르는 쪽을 향해 살짝 쳐다봤다.

그러자 좀 전의 입국심사관이 한 손으로 흰 봉투를 들어 보이며, 그것을 가져가라는 시늉을 하며 흔들어댔다. 메마른 입술에 침을 살짝 바르며 재빨리 긴장된 마음을 진정시킨 이윤호는 그곳으로 다시 가서 입국심사대 직원이 들고 있는 봉투를 건네받고는 억지웃음을 띠며 고마움을 대신했다.

그리고 천천히 공항에 있는 버스 정류장으로 가서 마지막 원주행 버스를 기다리며 마음속으로 쾌재를 불렀다.

'성공이다. 드디어 내가 완전범죄를 해냈구나.'

드디어 그는 답답하고 불안한 마음을 덜어내고 말았다.

긴장이 풀려서 그런지 기내에서 상처를 입힌 눈썹 부위가 아프고 따가웠다. 그러나 아직까지도 함부로 행동해서는 안 되는 일이다. 공항 주변과 특히 버스 운전기사 위에는 CCTV가 2대나 작동하고 있다. 이러면 중간에 내려서 모든 분장을 지우고 CCTV가 없는 시골 버스를 갈아타고 집으로 가야겠다고 그는 생각했다.

그 사이 이윤호가 탄 버스는 경기도 이천의 한 작은 터미널에 도착했다.

그는 그곳 터미널의 화장실로 갔다.

늦은 밤 시간이라서 사람이 그리 많지 않은 것이 다행이었다. 우선 맨 구석에 있는 문을 두드리자 아무 반응이 없었다. 그는 문을 열고 좌변기의 뚜껑을 내리고 얼른 문을 닫고 잠금장치를 돌렸다.

그곳에 앉아 가방을 열고 미리 준비한 물티슈로 모든 얼굴의 분장을 지우기 시작했다.

콧수염을 떼어내고, 안경과 양쪽에 붙은 인공눈썹도 모두 제거했다. 상처를 입힌 왼쪽 눈썹 부위는 약간 부어서 아프기는 했지만 그래도 이것이 없었다면 아마도 여기까지 오기가 힘들었을 것이다. 그러니 성공의 상처라고 믿을 수밖에……. 얼굴에 묻었던 모든 화장을 지우고 안경과 콧수염은 바로 앞의 쓰레기통에 버리고서 그는 두 개의 위조 여권을 바라보고 있다.

'정민국. 이것으로 너의 존재는 사라졌다. 넌 죽었지만 죽은 흔적도 없고, 또한 살았다고 보이지도 않는 그런 유령 같은 신세가 되어 버렸다. 두 번 다시는 널 기억하는 일은 없을 것이다. 부디 다음 생애는 좋은 사람으로 환생하거라!'

그리고는 두 개의 위조 여권을 그의 손으로 찢기 시작했다. 아주 잘게 아무도 알아 볼 수 없게.

인간쓰레기의 잔해물처럼 이윤호는 그렇게 한참을 그곳에 앉아 그것을 찢었다.

잘게 찢어 낸 여권은 그가 앉은 변기 속에 넣고 물을 내렸다. 소용돌이치며 그 속으로 빨려 들어가는 모습을 보며, 그의 모든 근심스러운 과거와 기억들도 저것들과 함께 모두 들어가 버리기를 마음속 깊이 기원했다.

역설적이지만 지난 몇 주일간 그는 상상도 할 수 없는 일들을 경험하고, 아니 저지르고 지금은 그 모든 일들이 아무 일 없었다는 듯 다시 제자리로 돌아가기를 기원하고 있다.

　그의 행동은 누가 봐도 합리화할 수는 없는 일이다. 그렇지만 후회는 하지 않는다.

　'자, 나는 이제 이 문을 나가는 순간 다시 이윤호로 돌아온 것이다.'

　드디어 문을 열고 그는 그곳을 나왔다.

　터미널 밖으로 나와 어두운 밤하늘의 별들을 보았다. 여러 가지의 별들이 반짝이며 떠 있었고 공기 또한 상쾌했다.

　'이 얼마 만에 보는 밤하늘인가……'

　지금은 새벽 2시가 조금 넘었다. 주변을 보니 몇몇 빈 택시와 24시간 편의점 그리고 허름한 여관들이 눈에 띄었다. 택시를 타고 빨리 집으로 가고는 싶지만, 이제부터는 서두를 필요가 없다.

　그래서 가까운 여관으로 발걸음을 옮기고 잠깐 잠을 자고 아침에 일어나 자신의 집으로 가기로 했다.

　하루 동안 가지 못했던 집인데도 왜 이리도 가고 싶은지 그 자신도 궁금하다.

　'참으로 힘든 하루였다.'

5. 돌아온 일상

– 삐비비빅, 삐비비빅 –

새벽 정각 5시. 핸드폰 알람소리에 습관적으로 일어났다.

잠은 불과 3시간 정도 잤을 것이다. 일어난 김에 욕실에서 샤워를 하고 원주로 갈 준비를 했다.

다행히 원주로 떠나는 시외버스가 6시 50분에 있어서 그것을 타기로 했다. 그리고 기내에서 남은 지혈용 밴드와 흰 붕대를 새것으로 다시 상처에 붙였다.

너무 이른 시간인지 버스 안은 텅텅 비어 있었다.

이윤호는 맨 뒷자리에 앉아 이제부터는 다시 열심히 돈도 벌고 미술학원도 빠지지 말고 다녀야겠다는 다짐을 했다. 그리고 갑자기 효진이 생각이 났다.

'오빠는 찾을 수 있을까? 빨리 오빠를 만나서 행복하게 살았으면 좋겠다. 그리고……, 그리고……. 다음에 만나면 남자친구나 애인이 있는지 물어봐야겠다. 그리고 만약에 없다면 정식으로 사귀자고 말할 것이다.'

차창 밖의 들에는 한참 수확을 하려는 농부들의 부지런한 모습들이 보였고, 길가의 양 옆은 코스모스들이 즐비했다. 버스 기사 아저씨가 라디오를 켰다.

『 7시 정각 뉴스를 알려 드립니다.

지난 9월 10일 원주에서 일어난 두 모자의 살인 사건이 아직도 실마리를 잡지 못하고 있습니다. 경찰은 유력한 용의자로 남편을 지목하고 있지만, 그 남편은 지금 실종된 상태로 아직까지 모습을 나타내지 않고 있습니다. 경찰은 남편을 전국에 수배하고 시민의 적극적인 협조를 부탁한다고 발표했습니다.

다음 뉴스입니다……. 』

'하하하하.'

이윤호는 갑자기 웃음이 나오기 시작했다.

'평생을 찾아도 못 찾을 겁니다. 여러분들께서 노력하시는 만큼 성과는 조금도 따라가지 않을 것이므로, 차라리 그 시간에 다른 일을 하는 것이 더 좋을성싶네요.'

그는 속으로 이렇게 말하고 있었다.

그 사이 버스는 원주 시외버스터미널에 도착했다. 이곳에는 출근을 하려는 여러 직장인들로 가득했고, 이윤호는 버스에서 내려 택시를 타고 자신의 집으로 향했다.

그러나 이곳 버스터미널에서 너무도 방심한 나머지, 그는 큰 실수를 저지르고 만다. 아주 큰 실수를······.

"지금부터 사건 중간 브리핑을 시작하겠습니다."

지금 이곳 회의장에는 모두 십여 명의 형사들과 간부들이 모여 임종철 형사가 발표하는 내용들을 듣고 있다.

"대만으로 도주한 정민국은 호텔에서 체크인을 하고 다음날 체크아웃으로 예약을 했으나, 호텔에 들어간지 세 시간 만에 다른 사람으로 변장하고 그곳을 빠져나왔습니다."

주변에서 작게 웅성거리는 소리가 들렸다.

"나갈 때 변장을 하고 나간 이유가 뭐야?"

부장이 팔짱을 끼고 퉁명스럽게 묻는다.

"가능성은 둘이 있습니다. 하나는 완전히 본인의 신분을 숨기고 그곳에서 숨어 살기 위해서고, 또 하나는 다시 제3국 또는 다시 한국으로 들어오려고 하는 것으로 추측하고 있습니다."

"그게 다야?"

이번에도 부장은 미간을 잔뜩 찡그리며 묻는다.

"아닙니다. 그런데 아주 중요한 실마리를 잡았습니다."

"뭐야?"

임형사의 눈을 똑바로 쳐다보며 다그치자, 그런 부장의 두 눈에 기가 눌린 임형사는 얼른 설명문으로 눈길을 돌렸다.

"대만 호텔에서 변장을 하고 나온 정민국이 당일 저녁에 일본인 여권으로 다시 한국으로 잠입한 사실이 확인되었습니다. 그래서 지금 긴밀하게 추적하고 있습니다."

갑자기 부장이 일어나더니 앞쪽의 중앙으로 발길을 옮겼다.

"지금 여러분들이 고생하는 거 나도 잘 알고 있습니다. 그러나 경찰은 범인을 잡아야 그 빛을 볼 수가 있는 것입니다. 허울 좋은 경찰은 이 사회에서 필요로 하지 않습니다. 지금 공개수사를 통해서 들어온 정보는 모두 허위 신고나 영양가 없는 정보가 대부분입니다. 그러니 여러분들께서 더욱더 분발하여 반드시 사건을 해결하시길 바랍니다. 이상!"

형사 생활 15년 만에 이런 용의주도한 인간은 처음 겪어보는 일이다. 보통은 외국으로 죄를 짓고 도망을 가면 그곳에서 꼭꼭 숨어 사는 것이 일반적인 습성인데 놈은 다시 변장을 하고 집안으로 들어왔다. 이유가 뭘까? 임형사는 멍한 표정으로 창밖의 하늘을 쳐다봤다. 파란 가을하늘은 곳곳에 뭉게구름이 떠 있었다.

그때, 박형사가 곁에 와서 임형사가 바라보는 창밖을 쳐다보며 긴 한숨을 내쉰다.

　박형사도 풀리지 않는 이 사건이 답답한 모양이다. 사건은 잠시 실마리를 잡는 듯했으나, 아무리 찾아도 정민국은 보이질 않는다. 경찰로서 무거운 책임감과 자괴감이 들 뿐이다.

　"임형사님?"

　그는 아무 말 없이 박형사를 쳐다봤다.

　"……."

　"정민국은 왜 다시 한국으로 돌아왔을까요?"

　임형사는 다시 아무 말 없이 창밖의 하늘을 올려다봤다.

　"아! 날씨 좋다. 이 자식은 도대체 어디에 짱박혀 있는 걸까요?"

　"그걸 알면 지금 우리가 이러고 있겠어?"

　"임형사님, 정민국이 인천공항에 내려서 다시 버스로 원주행으로 가려고 했는데, 왜? 중간에 내렸을까요. 그냥 원주로 왔어도 되는데……."

　"그야 물론 사건의 혼선을 주려고 했겠지. 아니면 버스 CCTV를 의식해서 그럴지도 모르고."

　"아 참나, 요놈의 새끼 잡히기만 해봐라."

　그렇게 그들은 수사에 아무런 도움이 되지 않는 정보들을 모아 보이지 않는 정민국의 꼬리를 잡기 위해서 오늘도 밤낮없이 수사에 임하고 있다.

그러던 어느 날 뜻하지 않은 곳에서 사건의 실마리가 될 수 있는 점을 발견했다.

이윤호는 자신의 완전범죄를 끝내고 지금은 전에 다니던 주유소에서 다시 일을 하고 있다.

오늘로 3주째 일을 하고 있지만 전에 보이던 귀여운 수영이와 수영엄마는 볼 수가 없다.

심장이 늘 아파 잘 뛰지도 못했는데 이윤호가 학원에서 만들어 준 가면을 얼굴에 쓰고는 신나게 이곳 주유소를 뛰어다니던 천사 같은 수영이, 그리고 항상 자식과 가정을 걱정하며 오매불망 성실히 살아가던 수영엄마. 그들이 없는 이곳은 전에 느꼈던 삶의 활기나 즐거움은 그들이 하늘나라로 떠나면서 함께 사라진 것 같았다.

지금 이윤호와 함께 일하고 있는 사람은 얼마 전 군에서 제대를 하고 잠시 복학을 앞두고 아르바이트를 하는 대학생이다.

이 복학생 역시 항상 성실하고 듬직하며, 긍정적인 생활 방식을 삶의 원천으로 사는 사람이다.

이윤호는 이런 사람들이 좋다.

그러나 이런 사람들이 있는가 하면 그렇지 않은 사람들도 많다.

그때, 그가 그토록 싫어하는 그 못돼먹은 사장 차가 주유소로 들어왔다.

"어! 아우야, 너 다시 여기서 일하냐?"

이윤호는 이 사람이 가지고 있는 모든 것이 싫다.

머리부터 발끝까지, 그가 가지고 있는 이 차도, 그의 생각도, 그의 마음도, 그가 여기에 오는 것도 이윤호는 다 싫다.

"예. 얼마나 드릴까요?"

"가득."

"예, 휘발유 가득 주유합니다."

"아우야, 가서 커피 좀 한 잔 타 와라!"

이윤호는 이 말에 뒤돌아 사무실로 향했다. 그러면서 입 안의 온 침을 모아 그 자에게 줄 종이컵에 뱉었다. 그리곤 오른손에 낀 장갑을 벗고 더러운 그의 손으로 그것을 휘휘 저었다.

'부디 남기지 말고 끝까지 다 마셔라.'

이윤호는 얼른 그 종이컵을 들고 그에게 가서 자신이 탄 커피를 건넸다.

"여기 있습니다. 맛있게 드세요."

"근데 아우야, 또 나에게 도움 필요하면 얼마든지 찾아와. 언제나 환영이다. 근데 공짜는 안 된다."

그런 그에게 이윤호가 한마디 했다.

"아이고 사장님! 돈도 많으시고 세상 부러워할 것이 없으신데, 그 돈 좋은 곳에 기부 좀 하시죠?"

이 말을 들은 그 사장이 미간을 찡그리며 이윤호에게 "야! 미쳤냐? 내가 힘들게 벌어서 왜 남한테 쓰냐? 나 쓰기도 아까운 돈을……." 하며 마시던 커피를 밖으로 던져 버리고 그대로 주유소를 빠져나갔다.

이 모습을 본 아르바이트생은 그가 버린 종이컵을 주워 이윤호에게 온다.

"형! 난 저 사람 정말 싫어요. 항상 반말이고 여기 올 때마다 커피 심부름도 시켜서 저 사람이 오면 정말 하루가 재수 없어요."

이윤호는 그 말을 듣고 살짝 미소만 띄었고, 아직까지 신호등에 걸려 서 있는 저 못돼먹은 사장의 삶의 논리들을 생각해 보았다.

우리가 알 수 있는 흑백 논리와는 전혀 다른 논리적 구상으로 아무리 다른 사람이 옳다고 하는 것도 본인이 아니면 흑이 되고, 그 반대로 아무리 타인들이 틀리다고 하는 문제도 본인이 옳다고 생각하면 백인 것이다. 참으로 세상 참 간단하고 개인주의적인 삶을 살아가는 사람이다. 진정한 이 시대의 나르시시즘이며 참으로 안타까운 인생이 아닐 수 없다.

"자! 저런 사람들보다는 그래도 이 세상은 더 좋은 사람들이 많으니 그 사람들에게 위안 받으며 살자고, 우리는."

아르바이트생에게 그렇게 말한 이윤호는 살짝 윙크를 했다.

원주에서 출발할 때는 날씨가 화창했는데, 서울에 와서 차창밖의 하늘을 쳐다보니 지금이라도 비가 막 내리려는 듯 먹구름이 검고 넓게 퍼진 눈사람 모습으로 변해 있다. 그 구름들은 모두 이곳으로 향하고, 곧이어 비는 한 방울씩 떨어지기 시작했다.

'아…… 비가 또 오는구나. 꼭 서울에 갈 때는 비가 내리는 징크스가 있는 것 같다.'

이윤호는 지금 남대문에 있는 미술용품점에 가고 있다. 지난번에 산 재료들은 모두 변장을 하는 데 써버렸기 때문에 새로 구입하러 가는 것도 맞지만, 효진이 보고 싶은 이유가 더 강하다. 그래서 그가 서울에 올 때는 효진이 일하는 가게가 쉬는 날을 피해서 온다.

'오늘은 그녀에게 반드시 이야기할 것이다. 나와 사귀자고.'

서울 터미널에 도착을 하니 비는 아직까지도 내리고 있다. 우산을 가져오지 않아서 우산을 사려고 어느 작은 매점으로 들어갔다.

그곳에서 작은 우산을 하나 사 들고는 나오려는 순간, 매점 옆 큰 기둥에 A4 용지만한 전단지가 붙어 있었다.

지명 수배자

- 이름 정민국

- 나이 32세

- 죄목 살인

- 특징

: 178센티미터의 신장
  69킬로그램의 몸무게
  최근 변장한 모습……

그러면서 변장 전의 사진과 변장 후의 사진이 걸려 있었다.

이윤호는 순간 웃음이 나왔다.

'하하하.'

일본인으로 변장을 하고 눈썹에는 기내에서 붙인 작은 붕대까지 아주 선명하게 나와 있었다.

그는 갑자기 정민국을 잡으려는 경찰들이 미안하고 안쓰러운 생각이 들었다.

아마도 그들은 그들이 노력하면 노력할수록 그 노력에 대한 보상은 결코 받지 못하고, 오히려 거기에 따르는 실망감과 무기력함만이 더욱더 증폭될 것이기 때문이다.

결코 찾을 수 없는 것이기에 생각하면 생각할수록 더욱더 저들에게 미안하고 죄송스러울 따름이다. 그 전단지를 뒤로 하고 그는 시내버스 정류장으로 향했다. 아직도 비는 보슬보슬 내리고 있다. 효진을 보려는 마음이 앞선다.

그도 모르게 마음과 몸이 급해졌다.

"안녕하세요?"

이윤호는 얌전히 가게의 문을 열고 효진이 앉아 있는 카운터 쪽으로 인사를 했다.

"어머! 오셨어요, 윤호 씨!"

그녀가 이윤호의 이름을 불러 주었다. 그녀가 그의 이름을······.

순간 그는 말할 수 없는 기쁨과, 이전과는 다른 그녀의 행동에 적지 않게 놀라고 말았다.

"예, 그동안 별일 없으셨어요?"

'고작 말한다고 하는 것이 이건가? 이런 바보 같은 놈.'

"예, 저야 늘 그렇죠."

유심히 이윤호의 모습을 쳐다보면서 그녀가 이렇게 묻는다.

"많이 얼굴이 야윈 것 같아요?"

그는 그 말에 '몇 주 전 있었던 일들 때문에 자신도 모르게 살이 더 빠졌나보다' 하고 생각했다.

속으로는 아무리 숨기려고 해도 겉으로는 티가 나는가 보다. 그는 조금 더 신경을 써야겠다고 생각했다.

그는 그 말을 듣고는 아무 일 없는 것처럼, 그녀를 한 번 쳐다보고는 "하하하, 먹기는 남들보다 더 많이 먹는데 살은 잘 찌지가 않습니다" 하며 멋쩍은 표정을 지었다.

"어머, 좋으시겠어요. 남들은 다이어트한다고 고생들 하는데 윤호 씨는 그런 거 걱정 안하시고 마음껏 드실 수 있어서요······."

"그런가요······."

그렇게 말하며 머리를 긁적였다.

"오늘은 뭐가 필요하세요?"

그렇게 물으며 그녀가 그에게로 다가왔다.

그는 자신이 필요로 하는 목록의 쪽지를 그녀에게 건네며 "저……. 저……" 하고 뜸을 들이고 있었다.

"왜요?"

그를 똑바로 쳐다보며 묻는 그녀의 눈동자가 참으로 예쁘고 초롱초롱해 보였다.

"지난번에 국수 사주셔서 오늘은 제가 그 빚을 갚으려고 하는데요……"

"그런 빚은 갚지 않으셔도 되는데……"

"아닙니다. 괜찮으시면 오늘 점심이나 같이 하시죠?"

그렇게 해서 이윤호와 그녀는 지금 같이 마주앉아 돈가스를 먹고 있다.

"참! 오빠 소식은 어떻게 됐어요?"

이윤호는 그녀가 하루 빨리 오빠를 찾아서 행복한 삶을 살아가기를 진심으로 빌었다.

가족 모두를 하늘나라로 보내고 혼자 외롭고 쓸쓸하게 사는 삶이 어떠한지 그 또한 익히 잘 알고 있고 또 가족의 소중함은 그 무엇과도 바꿀 수 없는 일이기 때문이다.

그가 질문하자 잠시 작은 한 숨을 내쉬면서 그녀가 말했다.

"얼마 전 경찰서에서 전화가 와서 확인을 했더니 제가 찾는 오빠가 아니었어요."

"빨리 효진 씨 오빠분 찾으셨으면 좋겠어요."

"고마워요……."

그 사이 식사가 끝나고 후식으로 아이스크림이 나왔다.

그는 지난번에 효진에게 하려던 이야기를 하려고 했으나, 차마 용기가 나질 않았다. 그러나 오늘은 꼭 해야 한다. 그래야만 그도 본인 스스로 효진을 정리할 수 있기 때문이다.

"저…… 효진 씨?"

"예, 윤호 씨."

"……."

'이런 바보, 이런 바보. 빨리 이야기를 하란 말이야!'

"저, 지금 혹시 남자친구 있으세요?"

부끄러운 마음에 그는 그녀와 눈을 맞추지 못했다.

이 말을 들은 그녀는 뜻밖의 질문에 조금은 당황하는 모습이었다.

그녀는 잠시 그를 쳐다보더니 대답했다.

"아니요, 없는데요……."

이윤호는 기회는 이때다 하며 조심스럽게 그녀에게 "그럼 제가 개인적인 전화 드려도 될까요?" 하고 고개를 살짝 숙였다.

"……."

그녀가 아무런 대답을 하지 않는다. 아마도 그가 말한 것이 부담이 되거나 그가 마음에 들지 않아서 그런 것 같다. 그는 재빨리 그녀에게 부담감을 덜어주려고 다시 입을 열었다.

"죄송합니다. 제가 주제넘게 부담을 드렸습니다. 방금 제가 드린 말은 없었던 걸로 해주세요……"

그는 가시방석에 앉은 것처럼 어쩔 줄을 몰라 했다.

'역시 이런 미인은 나에게 맞는 사람이 아니었어. 이 세상에는 나보다 훨씬 멋지고 잘 난 사람들이 수두룩한데, 나 같은 놈에게 관심이나 있겠어.'

이제는 포기하고 단념하려 할 때 그녀가 이윤호에게 입을 열었다.

"저는 아직 누구와 연예를 하고 싶은 생각은 없어요. 하지만 윤호 씨를 볼 때마다 헤어진 우리 오빠 생각이 나죠. 나이도 같고, 스타일도 비슷하고 그래서 한 달에 한 번씩 윤호 씨가 올 때쯤이면 나도 모르게 기다리게 될 때가 있었어요. 그리고 오지 않는 달에는 무척이나 궁금도 했고요. 그래서 방금 전 윤호 씨께서 저에게 하신 말씀은 저를 생각해 주시는 좋은 뜻으로 이해할 게요."

이윤호는 그녀가 말한 내용들이 도무지 이해가 되질 않았다. 그럼 결론적으로 교제를 하자는 것인지, 아니면 하지 말라는 것인지 전혀 알 수가 없었다.

그가 알 수 없는 표정으로 그녀를 쳐다보자, 그녀는 우리 서로가 연인의 사이보다는 그냥 서로 좋은 친구 사이로 했으면 하는 바람으로 말하는 뜻인 것 같았다. 그래서 그들은 오늘부터 좋은 친구 사이가 되었다. 그로서는 손해 보는 일이 아니다. '저런 미녀를 친구로 두다니' 하며 생각했다.

그렇게 그들은 점심을 먹고 각자 전화번호를 교환했다.

그리고 지금은 원주로 가는 고속버스 안에 있다.

비는 아직도 조금씩 내리고 있다.

연인관계가 아니라서 서운하지만, 효진의 말 대로 좋은 친구도 괜찮을 것 같았다.

남자와 여자가 친구가 될 수 있다니……

월요일 아침.

역시나 출근길 주유차량들로 인해 바쁘게 시작되었다.

아르바이트생과 이윤호는 출근 시간이 끝날 때까지 전혀 쉬질 못했고, 시간이 조금 지난 지금은 약간의 여유를 찾아 가면서 각자 요령 있게 차량들을 받았다.

그리고 있을 즈음, 주유소로 한 차량이 들어왔다. 그런데 그 차량은 주유기 옆으로 가지 않고 유조차가 주차된 구석 자리로 간다. 그리고는 두 사람이 차에서 내려 이윤호를 보고 그가 있는 쪽으로 걸어오고 있다.

그는 저 두 사람이 누군지 잘 알고 있다.

바로 대만 도원국제공항 햄버거 가게에서 봤던 경찰들이기 때문이다.

"안녕하십니까?"

"예."

전혀 피하지 않는 모습으로 대답했다.

"혹시 시간 좀 있으신가요?"

"지금은 안 되는데요."

그러자 그 중의 한 형사가 사무실에 있는 사장님과 잠시 무슨 이야기를 나누더니 사장님께 다시 정중히 인사하는 모습이 이윤호의 눈에 들어왔다.

"제가 사장님께 잠시 양해를 구하고 이윤호 씨와 이야기를 좀 하겠다고 말씀드렸습니다."

우리 세 사람은 맞은편 인도의 은행나무 밑으로 자리를 옮겼다.

"무슨 일이시죠?"

이윤호는 끼고 있던 장갑을 벗었다.

"혹시 정민국 소식을 알고 계신지요?"

그는 무엇을 감추려는 듯 과장된 애석함으로 이렇게 대답했다.

"아니요. 전혀 본 적이 없는데요."

"사건이 일어나고 그 다음 일주일간 무엇을 하셨습니까?"

형사들은 의심이 가득한 눈으로 이윤호를 응시했다.

"주유소를 그만두고 나서 죽은 두 사람의 장례를 치르고 마음이 아파서 여행을 갔었죠. 경기도 이천으로요. 증거가 필요하시면 보여드리지요. 그곳에서 제 경차를 고쳐준 공업사 영수증과 그 맞은편에 있는 오토바이수리점 영수증이 있으니까요."

그러자 옆에 있는 형사가 그럼 좀 보여 달라고 하기에 이윤호는 자신의 경차 콘솔박스에 있는 두 장의 영수증을 그에게 건네주었다.

한 장은 경차의 시동 때문에, 또 한 장은 오토바이 수리 금액으로 작성된 영수증이다.

"그런데 이 오토바이 수리는 왜 하셨죠? 차량이 있으시면 기다렸다가 그걸 타시면 되는데, 뭐가 급하신 일이라도 있으셨나요?"

이윤호는 조금씩 심장이 뛰기 시작했다. 그러나 그도 이들 못지않게 상황을 아주 노련하게 받아쳤다.

"여행을 가려고 하는데 중간에 차가 고장이 나서 수리점에 갔더니 오후 3시나 된다고 하기에 기다리기가 심심해서 맞은편 오토바이 가게에 가서 좀 빌렸죠. 그런데 가는 중간에 길바닥에 넘어지는 통에 그 비싼 것의 수리비가 엄청나게 많이 나왔죠."

이 말을 들은 두 형사는 아무런 말도 없이 서로 뭔가 사인을 보내는 눈치였다.

"이젠 일하러 가야 할 것 같은데요."

이윤호는 벗은 장갑을 다시 손에 끼었다.

"하나만 더 질문하겠습니다."

그는 그 형사를 쳐다봤다.

"왜 사시는 집의 전세를 빼서 월세로 전환하셨죠?"

'어떻게 이 자들이 이런 것까지 알아냈단 말인가?'

순간 아까와는 다른 긴장감이 몸속의 심장으로 파고 들어온 이윤호는 입속엔 침이 모두 마르며, 목은 아주 뻣뻣함을 느꼈다. 그러나 다시 냉정하고 안정감 있게 대답했다.

"거기 오토바이 수리비가 얼마로 보이십니까? 그 수리비가 아니었다면, 저도 제가 사는 집 전세금은 빼고 싶지 않았습니다. 이제 이해가 되십니까?"

이 말을 들은 두 형사는 다시 오토바이 수리금액을 확인했다.

『 바이크 수리점

혼다 600cc 수리금액 186만 원

2011. 09. 20.

위 금액을 청구함. 대표 임홍빈 』

"이 영수증 혹시 확인해도 되겠습니까?"

"예. 얼마든지 그렇게 하시지요."

"알겠습니다. 협조에 응해 주셔서 감사합니다."

"예. 그럼 수고하시고, 혹시나 정민국을 찾으시면 저에게도 꼭 알려주세요. 제 3천만 원 어디에 썼는지 궁금하니깐 말입니다."

그러고 나서 이윤호는 다시 자신의 일터로 돌아왔고, 그 형사들은 그곳에서 이윤호가 일하는 모습을 한참이나 쳐다보고는 사라졌다.

그러나 이윤호는 몇 주 후, 이 오토바이 수리 영수증과 원주 터미널에서의 실수 때문에 자신의 일생에 있어서 치명적인 행적이 들통 나고 말았다.

이 작은 종잇조각 하나와 자신의 자만심 때문에……

뭐 하세요?

- 효진 -

학원에서 한참 강의를 듣고 있는데 문자가 왔다. 뜻밖의 효
진 씨가 보낸 문자다.

미술학원입니다. 강의를 듣는
데 제가 다 아는 강의라서 재미
가 없습니다. ㅠㅠ

- 윤호 -

저의 문자가 방해가 되지 않아서 다행이네요.^^

– 효진 –

전혀 방해가 안 되니까 아무 때나 연락하세요······.^^

– 윤호 –

저 혹시 이번 주 일요일에 시
간 좀 있으세요?

- 효진 -

　

이윤호는 강의를 하는 강사의 눈치를 살짝 보면서 다시 핸드
폰에 답문을 작성했다.

　

물론이죠. 근데 무슨 일 있으
세요?

- 윤호 -

저, 이번 주 일요일에 휴가라서 인사동에 가서 구경도 하고 또 오래간만에 혜화동에서 연극도 한 편 보려구요. 근데 윤호 씨, 일요일에도 아르바이트 하신다고 했잖아요…….

－ 효진 －

　일요일에 하는 아르바이트는 이제는 그만 뒀어요. 설령 한다고 해도 효진 씨가 보자면 가야죠.^^

－ 윤호 －

　이윤호는 얼굴에 살짝 미소를 띠며, 다시 한 번 강사의 눈치를 살폈다.

　ㅎㅎ 그러시군요.
　그럼 이번 주 일요일 12시까지 혜화동 마로니에공원 연극 매표소 앞에서 만나요.^^

－ 효진 －

그리고 며칠 후에 그는 효진과의 첫 데이트를 가졌다.

시간을 보니 11시 50분. 이윤호는 약속장소에 와서 주위를 둘러봤다. 그때 효진도 맞은편 횡단보도를 건너오고 있는 중이다.

"죄송해요. 이 먼 곳까지 오라고 해서……."

그녀는 아주 미안한 표정으로 말했다.

그는 그런 그녀를 안심시키고 무슨 연극을 보려고 하는지 물어봤다. 그녀는 한 바탕 크게 웃을 수 있는 코믹물로 보자고 했고, 그는 흔쾌히 그 연극 관람권 두 장을 샀다.

일요일 정오라서 그런지 이곳에 구경나온 사람들과 연인들은 무척이나 많았다.

그들이 볼 연극은 1시 10분에 시작을 한다.

그래서 그들이 점심을 먹으러 한 햄버거 프랜차이즈점으로 들어갔다.

이층으로 올라가서 창밖을 보니 유독 한 소극장에 많은 사람들이 줄을 서 있는 모습이 보였다.

이윤호는 그 소극장의 연극이 뭔가 하고 잠깐 자리에서 일어나 그곳을 향해 봤더니 무서운 유령이 나오는 연극이었다.

그는 문득 이런 생각이 들었다.

사람들은 간혹 저런 도깨비집에 들어가서 직접 공포를 체험하려고 한다. 돈까지 내고서 그 속에 있는 여러 귀신들을 보고 싶어 하고, 느끼고 싶어 한다. 그곳에 있는 것들은 모두가 가짜임이 틀림없는데도 말이다.

그러나 현실에서 진짜로 죽을 고비를 넘기고, 또는 사랑하는 사람의 죽음을 바로 눈앞에서 목격한 사람에게는, 그 트라우마 같은 충격은 이루 말로 표현할 수 없는 괴로운 고통인 것이다.

그래서 그는 그날 사고 이후 아직도 지하철이나 기차를 타지 못하고 있다.

"무슨 생각 하시나요?"

"아…… 아닙니다."

그렇게 그들은 점심을 먹고 지정된 시간에 연극도 함께 봤다.

지금은 장소를 옮겨 안국동의 한 갤러리에 들어가 여러 화가들이 만든 작품들을 감상하고 있다.

그런데 그곳에서 뜻밖의 사람을 만났다. 바로 몇 달 전에 학원에서 강사로 강의를 하신 구족화가 김경아 선생님을 만난 것이다. 아마도 다른 작품들을 감상하러 나온 모양이다.

그녀와 반갑게 인사를 하고 효진에게도 그녀를 소개했다. 그리고는 서로 갈 길로 가면서 효진이 그에게 물었다.

"어떻게 저런 장애를 갖고서도 그런 그림을 그리는 화가가될 수 있을까요? 얼마나 피나는 노력을 했을지 짐작이 가는군요……."

"우리 일반인들도 저런 장애인들을 보고 많이 배워야 합니다. 불편한 몸으로도 자기가 하려는 의지로 반드시 성취하는 사람이 있는가 하면, 건강한 육체를 가져서도 그것을 옳은 일에 쓰지 않고 남에게 피해를 주며 사는 그런 사람들 말이지요……."

"오늘 정말로 고마웠어요, 윤호 씨."

"뭘요, 저도 덕분에 구경 잘하고, 특히 연극은 십 년 만에 봐서 그런지 정말 재미있었습니다."

그렇게 그들은 연인이 아닌 친구 사이로, 데이트가 아닌 한 여자의 들러리로 그 옆에서 그냥 아무런 의미 없이 하루를 보냈다.

이윤호는 남자와 여자 사이에 친구가 존재하는지 정말로 궁금하다. 하지만 오늘 효진이 즐거운 주말을 보냈다면 그는 그것으로 만족한다.

그는 지금까지 한 번도 여자와 제대로 된 데이트는 해본 적이 없다.

아마도 지금의 효진과 그가 진짜 연인관계가 됐다면 오늘과 같은 기분은 들지가 않았을 것이다.

친구와 연인 사이가 이렇게 크게 차이가 날 줄은 정말 몰랐다.

갈 길이 멀다.

그는 빨리 가서 자야겠다고 생각했다.

6. 감시자

어제 잘 쉬지 못해서 그런지 오늘 출근을 하는데 몸이 천근만근이다.

오늘따라 차들은 왜 이리도 많이 들어오는지 참으로 짜증이 날 정도다. 차에 기름을 미리미리 넣어두면 어디가 탈이라도 나는지, 아마도 정유사 배불리는 주요 고객들은 이곳에서 주유를 하는 사람들이라고 생각된다.

그렇게 힘들고 지루했던 하루가 지나가고 지금은 퇴근하여 한 편의점에 서서 라면과 김밥을 먹고 있다.

'아! 몸이 왜 이러지?'

아마도 감기몸살이 오려는 것 같다. 머리가 아프고, 몸에선 열이 났고, 지금 먹는 음식도 배는 고프지만 목구멍에서 넘기기가 무척이나 힘이 든다.

하는 수 없이 이윤호는 오늘 미술학원에 가는 것을 포기하고 그냥 집으로 돌아가기로 했다.

집에 가기 전에 약국에서 잠시 약을 사 먹고 지금은 원룸 현관 유리문을 열고 앞 계단으로 올라가 간신히 자신의 원룸 방문 앞에 섰다.

열쇠를 돌려 문을 열려는 순간, 봉투 하나가 바닥으로 떨어져 있는 것을 보았다.

"이게 뭐지?"

흰 봉투 겉면에는 아무런 글씨도 없고, 윗부분이 풀로 칠해져 있었다.

이윤호는 문을 닫고 손에 들린 그 편지봉투를 열고 그 속에 들어있는 A4용지로 된 흰색 용지를 천천히 펼쳤다.

그런데 그 순간 온 몸에는 소름이 끼쳤으며, 숨조차 쉬지도 못할 정도로 큰 충격을 받았다.

『　　　　　정민국.

타아먀 소지.

MK20. 소음기

?　　　　　　　　　　　』

그는 그 자리에 주저앉고 말았다. 그리고 입 안 양 옆에서 시큰한 느낌이 나더니 위 속의 내용물이 거꾸로 나오기 시작했다.

약간의 위통과 눈가엔 차가운 눈물이 맺혔다.

'아니, 이것은……. 누가? 왜?'

머리가 깨질 듯이 아파오기 시작했다.

잠시 후, 이윤호는 다시 정신을 가다듬고 여기저기 흩어져 있는 기억들을 하나하나 끼워 맞추며 논리적인 연관성을 완성하려 노력했다.

그러나 그 퍼즐들은 자신이 생각한 대로 각 위치에 맞추어지지 않고 오히려 가면 갈수록 더욱더 깊어지는 미로와 같았다.

다시 온 몸의 피가 거꾸로 솟는 느낌이 들었다.

'이것을 아는 사람은 딱 한 사람, 바로 나에게 직접 배달을 해 준 그 여자밖에는 없다. 그런데 그 여자가 왜 이제 와서 나에게 이런 것을……'

그는 자신이 한 일이 완전범죄를 성립했다고 스스로 자평했지만, 그것은 큰 착각이었다.

그러나 아직 이 편지를 보낸 사람은 그가 이것을 이용을 했지, 사람을 죽인 것은 모르고 있는 것 같았다. 그 이유는 저 밑에 있는 물음표이다.

상대는 이윤호가 이 불법적인 물건들을 어디에 썼는지는 알아도 염산공장에서의 일은 전혀 모를 것이라고 확신한다.

자신을 협박하고 돈을 더 뜯어낼 욕심이 앞섰다면, 이런 것보다는 염산공장에서의 협박이 더 확실한 방법일 것이라고 생각했다.

'그래! 얼굴만 반반한 줄 알았더니 머리도 잘 쓰면서 사는구만. 어디 누가 이기나 한 번 해 볼까?'

이윤호는 더 이상 잃을 것이 없는 사람이다.

'너도 반드시 찾아내서 내가 정한 방식으로 그 죄를 물을 것이다. 넌 상대를 잘못 골랐다……!'

그는 이 말을 머릿속에 다짐하고, 다시 상대가 자신에게 접근하기를 기다리기로 했다.

그러나 이윤호는 인간관계에 있어서 스스로는 편향적인 관계라고 생각해도 표면상으로는 남들과 같이 편견 없는 인간관계를 맺으려 노력했다. 그것이 궁극적으로 삶의 행복에 크게 기여할 수 있다고 늘 여겼기 때문이다.

'기다리고 있겠다. 투명한 양지에서의 삶을 포기하고 음지에서의 삶을 선택한 인간쓰레기를……'

그토록 완전범죄를 달성했다고 자평했던 이윤호는 생각하지 못한 곳에서 그의 비밀이 하나 둘 밝혀지고 있었다. 성공했다고 믿고 확신했던 순간부터 위기는 시작되었기 때문이다.

"계십니까?"

"누구요?"

임형사는 지금 박형사와 함께 경기도 이천에 있는 바이크수리점에 와 있다.

얼마 전 이윤호가 보여준 오토바이 수리 청구서를 왼손에 쥐고 그의 알리바이를 확인하러 이곳까지 왔다.

"예. 원주에서 왔습니다."

자신의 경찰신분증을 사장으로 보이는 키가 매우 작은 사람에게 보여 주었다. 신분증을 확인한 그 사람은 무슨 일로 왔냐는 표정으로 말없이 그들을 쳐다봤다.

임형사는 가지고 있던 청구서를 그에게 보여주었다.

"혹시 이거 여기서 발행한 것이 맞습니까?"

그는 임형사가 건넨 청구서를 자세히 보더니, 다시 돌려주며 말했다.

"맞수다."

그러더니 다시 장갑을 끼고서 한 오토바이 앞으로 갔다.

"이거요. 이게 사고가 나서 내가 수리하고 청구한 청구서였수. 그런데 뭐가 문제가 되는 거요?"

"아닙니다. 문제는 전혀 없습니다. 단지 확인이 필요해서 확인차 왔습니다."

"그럼 더 물어볼 것 없으면 그만 가슈, 일해야 하니깐."

"죄송합니다만 하나만 더 묻겠습니다. 그날, 이윤호라는 사람이 이곳에 올 때 뭐 이상한 점이나 달라진 점은 없었습니까?"

사장은 고개를 좌우로 돌려가며 없다는 신호를 보내다가 "아! 그 사람 사고가 나서 내 오토바이는 견인차를 불러서 이곳으로 가져 왔는데, 본인이 직접 오지 않았다우. 견인차 기사 말로는 우선 오토바이 먼저 보내고 조금 있다가 다시 이곳으로 온다고 했었소." 라고 말했다.

"그래서 그 사람이 언제쯤 왔습니까?"

"어떤 차를 타고 왔어, 자기가 직접 운전하고. 근데 그 차는 강원도 번호판을 달았더군."

"혹시 색깔이나 차종을 아십니까?"

"차종은 잘 기억이 안 나고 색은 회색…… 맞아, 회색!"

이 말을 들은 임형사와 박형사는 서로를 쳐다보며 고개를 갸우뚱거렸다.

"또 생각나시는 것들은 없으신가요?"

"근데 그 차 뒷좌석에, 아니면 트렁크 쪽으로 뭔가 무거운 것이 실려 있는지 뒷바퀴 쪽으로 차가 약간 주저앉아 있었수다."

"혹시 보셨나요, 뒷좌석을?"

"아니, 선팅이 너무 짙어서 안은 안보였어……"

그렇게 형사들은 새로운 정보들을 알아내고, 다시 관할 경찰서로 오는 길이다.

이윤호가 왜 자기 차가 정비소에 있는데 렌터카가 아닌 강원도 번호를 단 승용차를 타고 거기까지 왔는지, 도무지 알 수가 없었다. 아무래도 경찰서로 가서 지금까지의 모든 정보들을 다시 규합해서 요점을 끄집어내야 했다.

그 사이 형사들은 관할 경찰서 수사실에 도착했다.

그곳에는 과장과 막내 형사가 둘이 앉아 심각한 표정으로 대화를 나누고 있었다.

임형사는 속으로 저들의 대화가 사건의 실마리가 됐으면 하는 생각이 앞섰다.

"다녀왔습니다."

그들을 본 과장은 빨리 이리로 오라는 신호를 하였다.

"뭐가 있습니까?"

짙은 다크서클이 있는 과장이 말했다.

"여기 우리 막내가 아주 중요한 단서를 하나 잡아냈어, 들어보라구."

"예. 이윤호가 전세를 월세로 전환했던 날짜는 9월 14일입니다. 그런데 오토바이 수리금액을 충당하기 위해서 전세를 월세로 전환했다고 말한 날짜는 18일입니다. 이론상으론 전혀 앞뒤가 맞지가 않습니다. 어떻게 오토바이 사고가 날 것을 미리 알고 무려 사일이나 미리 전세를 해지하는지 미스터리한 일이 아닐 수 없습니다. 분명히 이윤호는 오토바이 수리 때문에 전세를 해지했다고 우리들에게 이야기했습니다. 그러나 그것은 새빨간 거짓말이라는 것이 명백하게 밝혀졌습니다."

그렇다. 이윤호는 분명히 뭔가 숨기고 있는 것이 분명했다.

방금 막내 형사가 논리적인 추론을 아주 열심히 설명했던 것처럼 이윤호는 뭔가 중요한 사건의 실마리를 풀어줄 수 있는 사람, 즉 제3의 용의자가 될 수도 있다는 생각이 앞섰다.

'지리멸렬된 대답으로 경찰을 따돌리려고 갖은 애를 써보지만, 당신 속에 숨어 있는 진실을 내가 밝혀서 지금까지의 땅바닥에 떨어진 경찰의 위신을 다시 세울 수 있도록 하겠다. 겉이 예쁘고 탐스러운 복숭아, 그러나 그 맛있고 탐스러운 복숭아 속에는 벌레가 숨어 있다. 벌레는 그 속에서 살면서 모든 영양분을 빨아먹으며 서서히 자신을 보호해 주고 먹이를 공급해 주던 복숭아를 병들게 만든다. 만약에, 그 복숭아 속의 벌레를 미리 없애거나 잡는다면 좋겠지만 아직까지는 그러할 방법이 없다. 나의 할 일은 이런 복숭아 속에 숨어 있는 벌레와 같이 범죄자들을 가려내야 하지만, 말처럼 그리 쉬운 일이 아니다. 바로 이윤호가 그 복숭아의 벌레와 같은 존재다.'

이런 생각을 하면서 임형사는 두 주먹을 힘껏 움켜쥐었다.

이젠 11월 초에 들어 날씨가 무척이나 쌀쌀해졌다.

이윤호는 그 덕분에 주유소에서 차량에 주유를 하기보다는 작은 유조차를 몰고 이리저리 배달하며 돌아다닌다. 모든 일이 다 장단점은 있겠지만 그는 지금하고 있는 배달 일이 싫다. 그 이유는 배달을 하다보면 쉬운 곳도 있지만 때로는 힘들고 어려운 곳들이 더 많기 때문이다.

바로 그 힘들고 어려운 곳을 지금 배달하러 가는 중이다. 치악산의 작은 마을에 큰 음식점이 있는데, 그곳은 가격이 비싸기로 소문난 곳이다. 한마디로 있는 사람들만 가는 곳이라고나 할까. 그렇지 않으면 누가 이 산속까지 와서 그 비싼 밥을 먹으러 오겠는가?

그러나 그가 방금했던 생각들이 무색할 정도로 지금 그 식당의 주차장에는 고급승용차들로 가득 찼다.

이윤호는 그 식당건물 뒤쪽에 유조차를 정차하고 차량에 감겨진 호수를 모두 풀기 시작했다.

지금부터 5층 옥상에 있는 기름 탱크까지 올라가려면 정말로 죽을힘을 다해서 올라가야 한다.

유조차의 호수를 뱀처럼 자신의 몸에 여러 번 감고서 후문을 통해서 한 층, 한 층 올라가고 있다. 옷을 얇게 입었지만 온 몸에서는 땀이 비 오듯 떨어지고 있다. 드디어 기름 탱크가 있는 5층에 도착했다.

주유기를 그 기름 탱크 입구에 놓고 다시 1층으로 내려간 그는 작은 유조차의 시동을 걸고 작동레버를 올렸다. 그러면서 가느다란 호수가 갑자기 굵어진 구렁이처럼 꿈틀대더니 그 5층 옥상의 기름 탱크로 서서히 들어가고 있다.

이윤호는 차의 기름이 안전하게 작동하는 것을 보고, 다시 5층의 옥상으로 올라갔다. 기름을 모두 채우려면 20여 분이 걸리기 때문에 그는 그 옥상 반대편에 낡은 의자에 앉아 드넓은 산과 들을 쳐다보고 있다. 하늘은 청명한 늦가을이었고, 주변에 단풍이 절정으로 들어서 참으로 아름다워 보였다.

'이런 날에는 등산복차림으로 산행이나 가는 것이 딱인데……'

잠시 호강에 겨운 생각을 하고 있었다.

이리저리 주변의 풍경들을 감상하고 있었는데 저 멀리 한 외제차가 이곳 식당으로 오고 있는 것이 보였다.

그는 단번에 그 차량이 누구의 차량인지 알 수가 있었다. 그것은 바로 그가 가장 싫어하는 못돼먹은 사장의 차가 틀림없었다.

그 차량은 살며시 이곳 식당의 주차장으로 들어왔다. 동시에 시동이 꺼졌고 차 안에서 그가 내렸다.

그런데 그가 내리고 바로 옆의 조수석에서도 다른 한 사람이 내리는 것이 보였다. 선글라스를 낀 사람은 옆의 사장과 가까워 보였다. 그리고는 식당으로 들어가기 전에 살짝 선글라스를 벗었다.

순간, 이윤호는 숨이 멎는 것 같았다.

다시 두 눈을 크게 뜨고 그 자를 뚫어지게 쳐다보았다.

틀림없이 저 자는 바로 그때 그 인간이었다.

순식간에 자신의 몸에선 차가운 냉기가 느껴졌으며, 여태껏 알지 못했던 특이할 만한 사실을 알게 되었다.

"임형사님, 정민국은 대만에서 그냥 짱박혀 있어도 한국보다는 그것이 더 좋은데……. 거기는 범죄인인도조약도 해지되고 여러 가지로 더 유리한 곳인데 왜 한국으로 힘들게 들어왔을까요?"

박형사는 거의 다 피운 담배꽁초를 바닥에 버리고 발로 비비고 있다.

임형사는 슬그머니 박형사를 곁눈질로 쳐다보며 나무라듯 말했다.

"이 사람아, 경찰이 그렇게 함부로 담배꽁초를 아무 데나 버려도 된다고 규정에 나와 있어?"

이 말을 들은 박형사는 다시 그 꽁초를 얼른 주워 자기 손으로 집었다.

다시 수사는 아무런 진전도 없이 주위를 겉돌고 있었다.

머리카락 하나 찾지 못하게 정민국은 숨어 버렸다.

공개수배에 들어간 지 한 달 하고도 보름이 지났다.

여기저기서 정민국과 비슷한 사람을 봤다고 하지만 그것을 확인할 때마다 모두 다른 사람으로 지목되곤 했다. 정말이지 정민국은 도대체 어디로 숨었단 말인가?

전혀 감이 오질 않는다.

인천공항에서 일본인 '타야마 소지'로 위장을 하고 원주행 버스를 타고 오다가 중간에 이천에서 하차를 했다. 그러면 이천에서라도 행방이 잡혀야 하는데 전혀 꼬리가 잡히질 않았다. 분명히 다른 교통수단으로 그곳에서 자리를 옮겼을 것인데 전혀 흔적을 남기지 않았다. 임형사는 앉은 자리에서 하늘을 쳐다보고 깊은 한숨을 내쉬었다.

"안되겠다!"

임형사가 박형사의 얼굴을 쳐다봤다.

"원주에 있는 고속버스터미널하고 시외버스터미널에 가서 정민국이 입국한 날부터 모조리 CCTV 확인해 봐야겠다."

이 말을 들은 박형사는 어이가 없다는 표정으로 말했다.

"그 많은 CCTV를 언제 다 확인을 합니까? 그냥 경기도 이천터미널에 가서 CCTV 확인하는 것이 더 빠르겠는데요?"

"거기는 CCTV 없다고 확인했다."

임형사는 그 자리에서 일어나 차에 시동을 걸고 각 터미널로 가려고 했다.

"같이 가요, 임형사님!"

그러면서 박형사는 손에 쥔 담배꽁초를 다시 땅바닥에 내던졌다.

이윤호는 얼른 자신의 몸을 숨기고는 재빨리 그 조수석에서 내린 사람을 다시 한 번 확인하려고 식당 간판에 있는 작은 틈 사이로 그를 쳐다봤다.

'아니……. 저 여자가 어떻게 저 못된 사장과 다정한 모습으로 이런 곳에 오나?'

이윤호는 정말로 머릿속이 복잡했다.

"원래는 우리 쪽으로 직접 오셔야 되는데 오늘은 제가 원주에서 누굴 좀 만나려고 이곳까지 왔습니다……"

맞다. 지난번 이윤호가 위조 여권과 총기류를 밀거래할 때 분명히 그에게 그렇게 이야기한 것이 생각이 났다. 그렇다면 바로 원주에서 아는 사람을 만나러 온 사람이 바로 저 사장이란 말인가?

그러면서 이윤호는 순간 며칠 전에 자신의 원룸으로 온 쪽지가 생각이 났다.

결론은 하나다. 자신의 밀거래를 저 여자가 바로 옆에 있는 놈에게 이야기했으며, 돈이면 구정물까지 처먹는 저 짐승보다 못한 사장이 이윤호를 협박해서 돈을 뜯어내려는 아주 간사한 계략이 숨어 있었던 것이다.

'그래, 네년의 얼굴이 반반하기를 다행이다. 그래서 그때도 한 번 쳐다볼 것을 두 번, 세 번 쳐다봤으니……. 그냥 평범했던 얼굴이었다면 전혀 눈치 채지 못했을 것인데, 그래 얼굴값 하셨구만. 그것도 아주 시기가 적절하게.'

그 사이 5층 기름 탱크의 기름이 가득 채워져 있었다. 이윤호는 조심스럽게 주유기를 그 기름 탱크에서 분리하여 호수를 1층까지 내리고, 식당 담당자와 확인을 마친 후 유조차로 돌아와 최대한 자신이 보이지 않도록 멀리 돌아서 그곳을 빠져 나왔다.

그는 그곳을 빠져나오는 내내 한 가지 생각에만 집중했다. 이젠 적을 알고 나를 알았으니 이 게임의 승자는 자신이 더 유리하다고 생각했다. 상대는 이윤호가 자신들을 모른다고 생각하고 있을 것이기 때문에 오로지 그에게 공격만 하려고 할 것이고, 그러나 그는 너희들의 공격을 받아주는 척하면서 통쾌하게 받아칠 것이라 생각을 하고 있었다.

'이거 게임이 정말 재미있게 돌아가겠는데……'

그는 그때 그 일로 모든 것을 잊고 평범한 한 소시민으로 돌아가려고 했다. 그러나 그것은 그의 큰 착각이었다.

'내가 아무리 앞길로 곧게 가려고 해도 주위에서 나를 곧게

보내주질 않으니 나로서도 어쩔 도리가 없구나.'

이윤호는 지금 주유소로 들어가는 중이다.

사거리 신호등에 걸려 잠시 맞은편 서점을 보는데, 쇼윈도에 셰익스피어의 《맥베스》라는 책 광고가 붙어있다. 인간의 욕심을 적나라하게 일깨워주려는 경고의 메시지를 소설화하여 이 세상의 모든 인간들이 욕심을 버리고, 인간만이 가지고 있는 교만과 헛된 욕망을 버리고 산다면 우리 사회는 결코 어둡지 않은 사회가 될 것이라는 내용이다.

능동적으로 행복을 추구하려는 그의 작은 소망은 잠시 뒤로 한 채, 이윤호는 자신의 그 행복을 파괴하려는 자들에게서부터 반드시 승리할 것이라 다짐했다.

원주에 있는 각 터미널의 CCTV 녹화 테이프를 수거해서 지금 박형사가 3일째 판독을 하고 있다.

CCTV의 숫자는 모두 19대. 9월 19일에서 29일까지 녹화된 영상들을 모조리 가지고 왔다.

"임형사님, 나 눈 아파요. 화면을 너무 많이 봐서 저 좀 살려주세요, 임형사님!"

그때 여경이 앞으로 지나간다.

"이봐 김은경 순경, 커피한 잔 부탁해."

그러자 여순경은 퉁명스럽게 맞받으며 지나갔다.

"저 커피 타는 사람 아닌데요."

"뭐 좀 나온 것이 있어?"

임형사가 부드럽게 질문했다.

그러나 박형사는 임형사의 말을 무시하고 자꾸만 이 작업이 하기가 싫다고 투덜투덜하고 있다. 그래서 임형사는 자신이 가지고 있는 커피를 주고는 모든 사건의 실마리가 이곳에 숨어 있을 수도 있으니 더욱더 꼼꼼하게 살펴보라고 지시했다.

눈이 아프다고 타박을 하지만 어쩔 수가 없는 일이다.

눈이 아니라 그 무엇이 더 아프고 힘이 든다고 해도 사건의 실마리만 잡는다면 기꺼이 임형사는 그것을 택할 것이다. 그 이유는 그들이 나쁜 짓을 한 사람들을 잡아들이는 경찰이기 때문이다.

그는 경찰의 사명감을 갖고 반드시 이 사건을 해결하고야 말겠다고 다짐했다.

그렇게 아무런 단서도 찾지 못하고 다시 하루가 또 지나갔다.

오늘은 수사과 주체로 회의가 있는 날이다. 다행히 부장이 출타중이다.

"수사과 담당 수사관 임종철 경사입니다. 지금부터 지난 9월 10일 모자 살인사건에 대해서 2차 중간 브리핑에 들어가겠습니다."

그 순간,

"아! 아! 필요없어."

갑자기 뒷문이 열리면서 부장이 회의실로 들어왔다.

형사들은 모두 놀라서 부장을 쳐다보며 또 꾸중을 들을 생각을 하니 앞이 캄캄했다.

"조금 전에 몇 통의 전화를 당직 경찰관이 받았어."

부장이 들어오자 모두들 포개고 있던 다리를 얼른 내리고 바른 자세로 잡았다.

"그런데 그 내용이 우리가 찾고 있는 정민국이 벌써 몇 달 전에 사망했다는 제보였어. 당시에 담당 경찰관이 장난전화인 줄 알고 그냥 끊었다고 했는데 5분 후에 다시 전화가 왔다고 하는군. 그러면서 이번엔 하는 말이 그 정민국을 죽인 사람이 이곳 주변에 있다는 제보였어. 자 이제 그 제보가 무조건 장난이라고 그냥 넘기기는 좀 이상하잖아!"

부장은 수사의 방향을 다시 지시하였다.

"혹시 발신자는?"

임형사가 부장에게 물었다.

"당신 같으면 당신 휴대폰으로 그런 말을 하겠어? 확인해봐야 뻔하지, 이 사람이 형사일 하루이틀 하는 것도 아니고……."

그러면서 부장은 임형사를 위아래로 쳐다봤다.

그때, 다시 뒷문이 갑자기 열리더니 박형사가 두 눈에는 실핏

줄이 진하게 피어오르는 얼굴로 임형사를 불렀다.

"임형사님, 빨리 이리로 오셔서 보셔야 할 것이 있습니다!"

오늘도 고된 하루를 끝내고, 이윤호는 자신의 경차를 타고 원룸으로 돌아가고 있는 중이다. 잠시나마 일과 미술에 집중하다보면 그때는 자신의 지난날의 과거를 잊을 수가 있었다.

가끔 효진이 문자를 주지만 친구 이상의 관계는 허락을 받지 못해서 자신 또한 친구 이상의 감정이나 생각들은 하지 않는다.

문자는 늘 상투적인 내용이고 그리고 더 중요한 것은 지금 자신이 하고 있는 일들에 효진을 끌어들이기가 싫기 때문이다.

그 사이 그는 원룸에 도착했다.

그가 열쇠로 문을 열고 들어가려는 찰나, 지난번에 받았던 봉투가 또 자신 앞에서 떨어졌다. 이윤호는 그것을 보고는 쓴웃음을 지으며 천천히 봉투의 내용물을 꺼내어 펼쳐봤다.

『　　　　　　　　　　　염산 공장　　　　　　　　　』

그는 순간 온 몸의 피가 거꾸로 솟는 느낌을 받았다.

'어떻게 이럴 수가, 어떻게……'

천천히 심호흡을 하며 순간적으로 분출하려는 두려움과 분노를 억누르려 노력했다.

'그럴 일이 없다. 염산 공장 일은 아무도 모른다. 아무도.'

그러나 그것은 착각일 뿐, 그를 비웃듯 상대는 생각했던 것보다 더 자신에 대해서 잘 알고 있었다.

'누구지?'

이때, 갑자기 핸드폰 소리가 요란하게 났다. 발신자를 보니 효진이 한 것이다.

'하필…… 이럴 때.'

전화기를 받지 않으려 했지만 지금 이 시간엔 그가 원룸에 와 있다는 사실을 효진이 잘 알기에 그는 겉으론 아무 일이 없었던 것처럼 목소리를 가다듬었다.

"여보세요?"

"윤호 씨! 제 전화 받기 곤란하신가요?"

"아닙니다. 제가 왜요……."

전혀 아무 일 없었다는 말투로 하려 했지만, 효진은 그렇게 들리지 않았나 보다.

"아, 다행이다. 근데 윤호 씨 목소리가 좀 이상해요?"

"제가요? 아니예요. 감기가 걸려서 그런 것 같아요."

"어머, 감기 조심하세요. 우리는 몸이 재산이에요. 죄송해요, 피곤하신데 나중에 다시 전화할 게요……."

"예, 효진 씨 잘 자요."

그렇게 아무런 의미 없는 통화를 끝내고 그는 다시 저 쪽지를 쳐다봤다.

빨리 방법을 찾아야 했다. 그렇지 못하면 이윤호는 괴멸하고 말 것이다.

상대를 너무 얕본 것이 문제였다. 지금쯤 상대는 그를 보고 있을지도 모른다는 생각이 들었다. 그는 얼른 자리에서 일어나 창문을 열고 소리쳤다.

"어디 한 번 해보자고, 재미있는 게임이 될 거야!"

그러고 나서 이윤호는 곰곰이 생각했다. 상대는 자신에게서 돈만 뜯으려는 것이 아니라 자신의 목숨까지도 노리고 있다는 것을.

손으로 하늘을 가릴 수는 없는 법이다. 이때, 그는 종잇장만큼 아주 얇은 공통점 하나를 발견했다.

그것은 상대방이나 이윤호 모두 경찰과는 상극이란 것이다.

그러니 여기서 누구 하나 죽어 나가도 서로 경찰에게 쫓기는 신세는 되지 않는다는 것이다.

'못돼먹은 사장과 그 여자, 정말로 무서운 사람들이다.'

이 생각을 하면서도 그는 그래도 저들에게 비겁하게 굴지는 않을 것이라고 마음먹었다.

'죽을 때 죽더라도 반드시 이 사회에서 너희 같은 인간쓰레기들을 깨끗하게 분리수거하고 떠날 것이다. 반드시 내 목숨을 걸고……'

7. 서서히 밝혀지는

숨이 넘어가듯 박형사는 임형사를 찾아와 부장이 옆에 있는 것도 모르고 빨리 판독실로 가자고 팔을 잡고 잡아 당겼다.

임형사는 평소 박형사가 이렇게 무언가 놀라서 날뛰는 모습은 처음이라 정말로 큰 사건이 터졌다는 느낌을 받았다.

판독실에는 박형사가 지금까지 확인한 테이프가 여기저기 흩어져 있었고, 담배를 어찌나 많이 피웠는지 그 안은 잔뜩 뿌연 담배연기로 눈을 제대로 뜰 수가 없었다.

"여기 좀 봐주세요, 임형사님!"

이리저리 기계 조작을 하더니 잠시 후, 컴퓨터 화면에서 어느 버스 안의 화면이 들어왔다.

"이 화면은 지난 9월 21일 인천공항에서 원주로 출발하는 공항버스 안의 모습입니다."

임형사는 눈을 크게 뜨고는 컴퓨터 화면에 집중했다.

그러나 이 장면은 지난번에 확인이 됐던 것이라 그리 특이한 것은 없었다.

화면에는 정민국이 일본인으로 위장하여 버스의 맨 뒷좌석으로 가는 화면이 확인됐으며, 잠시 후 이천의 작은 터미널에서 내리는 화면이 지나갔다.

"이 화면이 뭐가 이상하다는건가?"

임형사는 다시 박형사를 쳐다봤다.

"자, 보세요. 지금 내리고 있는 정민국의 왼쪽 눈썹 부위에 작은 흰색의 반창고가 붙어 있습니다."

임형사는 계속해서 컴퓨터의 화면을 응시하면서 그 이마 밑에 붙은 흰색의 반창고를 유심히 봤다.

"그런데요, 다음 화면을 보시면 임형사님 깜짝 놀라실 겁니다."

박형사는 서두르며 다른 테이프를 기계에 연결했다. 그러면서 눈빛에는 예전엔 볼 수 없었던 진지함과, 무엇에 이끌리는 확신에 찬 모습으로 그는 이리저리 기계를 작동시켰다.

그리고는 컴퓨터 화면에 다른 화면이 등장했다.

그 화면에는 어느 한 사람이 터미널에서 밖으로 빠른 걸음으로 나가려는 듯 주위를 살피는 모습이 보였다.

그때, 갑자기 박형사가 화면을 멈추고는 그 화면에서 나온 사람의 얼굴을 줌으로 작동하여 확대했다.

그런데 그 사람은 바로 이윤호의 얼굴이었다.

"이윤호가 저 시간에 왜 터미널에서 나오는 거야?"

"그것이 중요한 문제가 아니라 이마에 있는 작은 반창고를 잘 보십시요!"

그렇다. 지금 이윤호의 왼쪽 눈썹에도 작고 하얀 반창고가 붙어 있었다.

우연이라고는 도저히 확률상으로 믿기 어려울 정도로 두 사람의 공통점은 정확했다.

"이윤호가 혹시 터미널로 들어가는 화면은 포착이 됐나?"

임형사는 기대가 충만한 눈빛으로 박형사를 쳐다봤다.

"그렇잖아도 제가 그것이 의심이 돼서 어제 오후 내내 찾아봤지만, 전혀 그런 화면은 포착이 안됐습니다."

임형사는 컴퓨터 화면의 이윤호를 뚫어지게 쳐다보며 여러 가지 생각들이 머릿속에서 꿈틀거렸다.

'이윤호의 정체가 과연 뭐지? 지난번 전세금 전환 날짜도 우리들에게 거짓으로 말했고, 이천에 낚시를 갔다고 했는데 그곳에서의 행동도 꽤 의심이 있고, 그리고 우연이라고 말하기엔 너무도 거짓말 같은 우연히 일어났고……. 사람은 다른데 같은 부위가 다쳐서 치료한 흔적이 나타났고…….'

임형사는 박형사에게 어깨를 치며 말했다.

"자, 이윤호에게 직접 가서 물어보자. 이마의 상처가 왜 생겼는지?"

그러면서 두 사람은 급히 차의 시동을 걸고 이윤호가 일하는 주유소로 향했다.

주유소로 향하는 내내 임형사는 조심스럽게 이윤호의 행적에 대해서 다시 한 번 더듬어 보았다. 만약에 이 모든 내용들이 사실이라면 이윤호는 이 사건에서 가장 가까운 피의자가 될 것이다……

어제의 충격으로 잠을 설친 이윤호는, 몸은 주유소에서 일을 하고는 있지만 정신은 온통 그 쪽지들 생각에 빠져 있었다.

그때, 저 만치에서 이젠 그의 적이 되어버린 그 못돼먹은 사장의 차가 그가 있는 쪽으로 들어오고 있다.

이윤호는 약간의 쓴 웃음을 지으며 그쪽으로 다가가 그와 눈을 맞추며 말을 꺼냈다.

"안녕하세요?"

이윤호는 간사하게 웃으며 그를 쳐다봤다.

이윤호의 예전과 다른 행동에 조금은 당황을 했는지 그 못돼먹은 사장도 태도를 바꿨다.

"그래! 아우야, 수고한다. 가득 부탁한다."

"잠시만 기다리세요, 커피 한 잔 맛있게 타서 올리겠습니다."

뒤로 돌아서 사무실로 가려는 이윤호를 그가 갑자기 불렀다.

"야! 아우야, 나 이젠 커피 안 먹는다."

이윤호는 가던 길을 뒤로 하고는 다시 그자에게로 돌아왔다.

"별일이 다 있습니다. 항상 주유소에 오시면 커피를 찾으시던 사장님께서 오늘은 거절도 다 하시고요……."

이 말을 들은 못돼먹은 사장은 이윤호를 다시 한 번 쳐다보며 말했다.

"이제부터 여기서는 커피를 먹지 않으려고, 커피는 집 커피가 최고야. 암, 최고지! 하하하."

아마도 이 자는 이윤호의 비밀을 안 이상 이윤호와의 거리를 더 이상 좁히려 하지 않는 것 같았다.

'교활한 놈 같으니라고…….'

"혹시나 제가 커피에 독약이라도 탈까봐 걱정하셔서 그러신 건 아니시죠?"

이 말에 그 자는 갑자기 얼굴이 굳어지더니 다시 이윤호에게 말했다. 차분한 말투지만 그 목소리에 들어 있는 협박과 증오심은 감출수가 없었다.

"세상에는 말이야, 별의별 이상한 인간들이 아주 많아서 그냥 돌다리도 두드리고 가자는 것이니 아우는 너무 새겨듣지 말라고. 하하하."

이윤호는 이때를 놓치지 않고 다시 이놈의 교활한 심정을 압

박했다.

"지난번 사장님 옆자리에 아주 미인께서 타셨던데, 그 미인은 누구세요?"

이 말을 들은 놈은 이윤호를 뚫어지게 쳐다보더니 무척이나 당황한 기색으로 몸을 이리저리 꿈틀거렸다.

"응……, 응……."

"에이, 혹시 사모님 모르게 다른 데이트 하시나봐요?"

이윤호는 조롱하고 격멸의 눈빛으로 그놈을 직시했다.

하지만 살짝 입 꼬리를 올리고 여유 있는 표정을 지으며 그놈은 조용히 이윤호의 귀에 이렇게 대답했다.

"내 숨겨둔 애인인데 너만 알고 있어야 한다, 아우야."

이 말을 들은 이윤호는 아주 호탕하게 웃으며 이렇게 말했다.

"하하하. 사장님, 능력이 아주 좋으십니다. 어디서 그렇게 훌륭한 미인을, 그것도 아주 재주가 좋은 분을……."

그 사이 차량의 기름은 가득 들어갔고, 그렇게 자신에게서 떠나는 놈의 차량 뒷거울로 못돼먹은 사장은 아직도 이윤호를 악의가 가득 찬 눈빛으로 쳐다본다.

이윤호 또한 그런 저놈에게 조롱과 경멸의 웃음으로 답변했다.

'언젠가는 네놈과 목숨을 건 한 판 승부를 펼쳐야 할 것이다. 그렇지만 나는 죽지 않는다. 기다리고 있겠다. 빠른 시일에

너와의 인연을 결론짓자.'

오늘에서야 저놈도 이윤호가 그들의 정체를 알고 있다는 사실을 숙지했을 것이다.

그들도 그들 나름대로 대책이 세워질 것이고, 이윤호도 거기에 대비해서 철저한 준비를 해야겠다는 생각을 하며 지난 몇달 전에 구입했던 MK20 권총과 소음기가 생각났다. 다시는 그물건들을 사용해서는 안 된다고 다짐했는데, 세상살이가 자신의 뜻대로 되지는 않는 것 같았다.

그러면서 잠시 숨을 돌리려고 구석에 있는 작은 의자에 앉으려고 걸어가는데, 이번에는 며칠 전에 왔었던 그 경찰들이 그에게로 오고 있었다.

'한 쪽은 없애야 하고, 또 한 쪽은 피해야 하고, 없앨 인간은 지나가고, 피해야 할 인간들은 저기 오는구나.'

이번에도 오자마자 사무실의 사장님께 들어가 뭔가 이야기를 잠시 나누더니 곧이어 이윤호에게로 다가왔다.

"안녕하십니까? 이윤호 씨!"

"예. 수고가 많으십니다."

그러면서 세 사람은 서로 아무 말이 없이 탐색전에 들어갔다. 그러던 중에 임형사가 먼저 입을 열었다.

"왼쪽 이마 밑에 작은 상처가 있습니다."

이윤호는 순간 당황했지만 왼손으로 그 상처가 난 자국을 서서히 만지면서 기선을 제압당하지 않으려 다시 평정심을 찾았다.

"아! 이거. 지난번 이천에 여행을 가다가 나뭇가지에 긁힌 자국입니다."

그러면서 이윤호는 다시 왼손으로 그곳을 만졌다.

그렇게 말한 이윤호를 임형사는 갑자기 두 눈을 가느다랗게 뜨고는 "예, 그러셨군요." 하며 고개를 살짝 위아래로 흔들었다. 그러면서 임형사는 무언가 확신에 찬 느낌으로 다시 이윤호에게 되물었다.

"혹시 지난 9월경, 그러니깐 오토바이 사고 당일에 왜 본인의 경차를 두고 강원 번호가 찍힌 다른 차량으로 바이크 수리점엘 갔습니까?"

무슨 대답이 나올까 정말이지 궁금했던 두 형사는 자신들의 눈과 귀를 세우며 기다렸다.

그때였다.

"야! 윤호야, 빨리 유조차 끌고 배달가야겠다."

사장이 급히 이윤호를 부른다.

이윤호는 알았다는 대답을 남기고 급히 유조차로 가면서 형사들에게 이렇게 답변했다.

"때마침 그곳으로 지나가던 사람에게 부탁을 했죠. 그런데 그 운전자가 술을 마신 것 같아서 내가 대신 운전을 해 줬고,

그 차주인은 뒷좌석에서 신나게 잠을 자고 있었는데요. 그게 뭐가 잘못됐습니까?"

그 말을 들은 두 형사는 다시 한 번 이윤호를 의심의 눈빛으로 쳐다보지만, 이윤호는 유조차에 올라타고는 유유히 그들에게서 사라졌다.

그렇게 이윤호는 못돼먹은 사장과 경찰들에게서 양 옆으로 점점 조여 오는 보이지 않는 억누름에 점점 지쳐가고 있었다. 아직까지는 양쪽의 공격에 아무런 흠집은 받지 않았지만 시간이 가면 갈수록 이윤호에게 불리하게 작용하고 있음은 분명한 사실이다.

양쪽 다 이윤호에게 비교도 되지 않을 만큼의 공격력을 가진 자들이다.

과연, 이윤호는 이러한 집단들의 포위망 앞에서 슬기롭게 그것을 뚫고 나갈 것인가? 아니면 남들과 같이 한낱 범죄자의 낙인으로 이 세상에서의 인간쓰레기로 죗값을 받을 것인가? 그렇게 이윤호의 운명은 초겨울 나뭇가지에 힘없이 매달려 바람이 불 때마다 대롱대롱 흔들리는 메마른 잎에 가까웠다.

8. 충격

"이봐! 예쁜 아가씨, 꼭 그렇게까지 해야겠어? 꼭 이윤호를 죽여야 분풀이가 되겠냐고……."

오른손엔 핸드폰을, 왼손에는 담배를 손가락 사이에 끼우고는 다시 한 번 전화기에 무엇인가 확인을 하듯 되묻는다.

"뭐 그쪽에서 그렇게 하고 싶다면야 할 수 없지. 하지만 명심하라고 이건 당신과 나만 알아야 한다고 우리 둘이서 무덤까지 가지고 갈 비밀이란 말이야, 알았어?"

전화 통화를 하는 상대방의 확고한 답변을 전달받은 못돼먹은 사장은 전화를 끊고는 가지고 있던 담배를 입에 물고 깊게 한 번 빨아들이며 생각했다.

'하는 수 없지. 이윤호가 여러 가지로 이쪽의 비밀을 알고 있으니, 확실한 방법은 없애는 방법밖에…….'

그러면서 늘 자신의 몸에 지니고 다녔던 권총을 손에 쥐고는 탄창을 빼고 이리저리 작동의 이상 유무를 확인하고 있다.

그러면서 다시 핸드폰으로 이윤호에게 문자메시지를 보냈다.

> 아우야, 나다.
> 오늘 밤 12시까지 시내 외곽에 있는 폐쇄된 예비군 부대로 나와라!

이 시간 이윤호는 미술학원에서 강의를 듣고 있다가 갑자기 본인의 핸드폰에 문자메시지가 온 것을 알고 그것을 확인하는 중이다.

'드디어 올 것이 오고 말았구나. 생각보다는 빨리 와서 조금은 당황했지만 담담하게 상대방에게 답문을 작성하고 지금부터 어떻게 해야 할지 머릿속으로 하나하나 집어넣으며 정리를 했다.

데면데면한 문장으로 상대에게 한 통의 문자메시지를 보냈다.

> 기꺼이 가 드리죠.
> 하지만 그곳에 올 때, 당신은 두 번 다시는 집으로 갈 수 없을 것입니다.

이 문자를 받아 본 못돼먹은 사장은 쓴 웃음을 지으며 다시 한 통의 문자메시지를 작성하여 전송했다.

> 자신감이 대단하구나.
>
> 그래 누가 그곳에서 살아 돌아올 수 있는지 두고 보자.
>
> 너도 여기로 오기 전에 유서 한 장 써 놓고 와라. 반드시!

다시 문자를 확인한 이윤호는 간사한 웃음을 지으며 또한 그에게 보낼 답문을 적고 곧 전송했다.

> 내가 방금 장의사에 전화해서 네놈의 관 하나를 예약했어. 아주 튼튼한 오동나무로. 그러니 사양 말고 그 속에 들어가서, 지난날의 못된 일들을 반성하라고…….

> 이 개새끼, 어디 두고 보자. 네가 이렇게 득의양양하게 사는 시간도 앞으로 몇 시간 없으니…….

현재 시간 저녁 8시 20분. 이윤호는 미술 강의를 뒤로하고는 본인의 경차에 올라타고 지금 원룸으로 향하는 중이다.

잠시 후, 원룸에 다다르자 한 통의 전화가 왔다.

발신자를 확인하니 효진이 그에게 한 전화였다.

'하필이면 이럴 때 전화를 하는지, 혹시 내가 목숨을 건 싸움을 미리 아는 사람처럼⋯⋯.'

그는 큰 기침을 한 번 하고서 그 전화를 받았다.

"예, 효진 씨."

"윤호 씨, 별 일 없으시죠?"

전파 상태가 안 좋은 것인지, 아니면 효진씨가 무엇에 크게 동요된 것인지 전과는 다른 목소리였다.

"전혀 없습니다. 효진 씨는 어떠세요?"

"저도 아무 일 없어요. 참! 기뻐해 주세요. 어제 그렇게도 찾고 싶어 하던 오빠를 찾았어요."

이윤호는 지금 자신의 상황이 그리 좋은 것은 아니지만, 그래도 효진이 그렇게 애타게 찾던 오빠를 찾았다고 하니 그도 잠깐이지만 기쁜 마음이 들었다.

"아, 축하해요. 정말로 축하드립니다, 효진 씨!"

그는 진심으로 그녀에게 축하해 주었다.

"감사해요, 윤호 씨. 이것이 다 윤호 씨 덕분이에요."

그녀는 기쁜 목소리보다는 그냥 담담한 목소리였다.

"이번 주 일요일에 우리 만나요! 제 오빠도 만나구요. 그렇게 하실 수 있죠?"

순간 이윤호는 그 대답에 얼른 답을 할 수가 없었다.

그가 만약에 오늘 죽는다면 지금 이 전화가 효진과의 마지막 통화가 될 수도 있기 때문이다.

"예. 효진 씨, 제가 갈 수 있으면 미리 전화드릴게요."

그는 확실하지 않는 대답으로 그녀에게 전달했다.

"네, 알았어요. 그럼 전화 기다릴게요."

전화는 끊겼다. 무엇인가 여운이 남는 통화였다.

그는 그렇게 효진과의 아쉬운 통화를 끝으로 이젠 자신의 인생에 있어서 아주 중요한 승부를 거는 장소로 이동해야 할 것이다.

제일 먼저 원룸에 도착하여 장롱 깊숙이 숨겨 놓은 자신의 권총과 소음기 그리고 총알이 들어 있는 탄창을 챙겼다.

권총과 소음기는 아무 이상이 없었고, 준비된 탄창도 모두 제자리에서 잘 정렬되어 있었다.

'분명히 놈은 지난번에 내가 살짝 봤던 K53 권총을 가지고 나올 것이다.'

그 총의 탄창은 모두 장전시 14발이 된다. 그러나 이윤호의 총은 9발이다. 그러나 그에겐 소음기가 있다. 이 소음기를 장착하고 야간에 적과 싸운다면 그가 몇 배는 유리할 것이다.

그렇다. 이윤호의 총은 소음기가 달려서 특히 야간에 사용한다면 총을 쏠 때마다 소음과 불꽃이 적게 노출이 되질 않아서 그만큼 상대보다 훨씬 유리한 조건에 있었다.

그러면서 이윤호는 마지막이 될 수 있는 오늘의 저녁식사를 하고 있다.

식사는 간단하게 빵과 우유를 먹고 있다.

식사를 하면서 그는 많은 생각들이 떠올랐다.

'어려서 행복했던 나의 가족들과 나의 지나온 과거, 수영이와 수영엄마, 짝사랑했던 효진 씨, 그리고 내가 죽인 정민국……. 좋은 일도 있었고 나쁜 일도 있었다. 내가 오늘 죽는다면 아쉬워할 사람은 한 명도 없다. 그러나 나는 그렇게 쉽게 죽지는 않을 것이다. 그 이유는 나에겐 아직도 할 일이 많이 남아 있기 때문이다. 하늘의 뜻이 내가 오늘로 마지막이라고 하면 나는 오늘 죽을 것이고, 그렇지 않으면 상대가 죽을 것이다.'

그 시간 관할 경찰서 수사과 사무실에는 모든 수사과 형사들이 모여 이윤호의 행적들을 찾으려 혈안이 되어 있었다.

"이윤호가 오후에 무슨 학원에 간다고 했지?"

임형사는 막내형사에게 물었다.

"주유소 근무가 끝나고 시내에 있는 미술학원에 간다고 합니다."

"미술?"

"예. 미술이긴 한데, 그 중에서도 특수분장을 하는 미술입니다. 공포영화나 좀비영화에 괴물처럼 분장하는 기술자 같은 거 말입니다."

"……"

이 말을 들은 임형사와 박형사는 잠시 뭔가를 곰곰이 생각하더니 순간, 두 사람은 서로를 쳐다보며 놀라움을 감출 수가 없었다.

"자, 자. 여기를 주목해 주시길 바랍니다."

임형사는 몸속에서 뛰고 있는 심장소리를 들을 만큼 흥분해 있었으며, 온 몸에선 뜨거운 열이 올라오기 시작했고, 두 눈의 흰자 속에 거미줄처럼 깔려 있는 가는 실핏줄은 어느덧 더욱더 선명하게 피어올랐다.

"이윤호는 지금까지 모든 행적들을 조사한 결과 이번에 모자 살인사건과 아주 긴밀한 관계가 있다는 결론이 나왔습니다."

모두들 임형사의 발언에 귀와 눈을 집중하면서 이번 사건의 결정적인 실마리가 나오길 크게 기대하는 분위기다.

"이윤호는 대만에서 변장을 하고 다시 한국으로 재입국을 하던 다음 날, 원주 시외버스터미널에서 오전에 CCTV로 모습이 포착됐습니다. 바로 왼쪽 이마에 흰색 반창고를 붙인 정민국,

다시 말해서 일본인 '타야마 소지'로 위장한 모습의 반창고 위치와, 다음날 아침에 나타난 이윤호 왼쪽에 붙어 있는 반창고의 위치가 정확하게 일치했습니다. 그러므로 평소에 특수분장을 배우던 이윤호는 정민국을 살해하고 대만으로 정민국의 얼굴로 위장하여 출국했다가 당일 다시 일본인으로 위장하여 입국했다는 결론이 나옵니다."

이 말을 들은 과장이 한마디 했다.

"그럼 지난번 누군지 모르는 제보 전화가 사실이란 말인가?"

"예, 그렇습니다. 당시에는 참고 사항으로 알고 있었는데, 지금으로서는 아주 중요한 제보라 할 수가 있습니다."

"가만 있어봐. 그럼 그 제보자는 어떻게 이윤호가 정민국을 살해했다고 알고 있었을까?"

형사들은 모두 서로의 얼굴만 쳐다 볼 뿐 아무런 말도 하지 못했다.

"……"

"그래서 우리가 아무리 정민국을 찾으려 했어도 찾을 수가 없었구만. 죽었기 때문에……"

"과장님, 일단은 이윤호를 잡아오면 그 제보 전화의 주인공도 알 수가 있을 것 같습니다. 서로 연관성이 있는 것이 틀림없습니다. 놈의 범행은 아주 주도면밀하고 계획적인 증거 은폐로 이루어져 있습니다."

과장은 급히 사무실 벽에 앞 유리가 깨진 채 걸려 있는 둥근 시계를 쳐다보았다,

"지금이 11시 40분인데, 이윤호는 집에 있겠지?"

"그렇겠죠. 주유소에서 근무하고 또 저녁에 미술학원에 갔다 오면 지금쯤 자기 원룸에서 잠을 자고 있을 것입니다."

"자, 빨리 가서 이윤호를 긴급체포해서 잡아와!"

"예, 알겠습니다!"

그렇게 경찰들은 이윤호를 정민국의 살해 용의자로 확신하고 모든 수사과 형사들이 동원되어 급히 이윤호의 원룸으로 향하고 있었다.

현재 시간 11시 40분.

이윤호는 그렇게 평소에도 싫어했던 놈과 목숨을 건 한 판 승부를 펼치러 지금은 자신의 경차에 몸을 싣고 약속 장소로 향하는 중이다.

그는 가는 도중에 무슨 생각에 그러했는지는 잘 모르겠지만 시내에서 대리운전자에게 운전을 부탁하고, 본인은 자신의 경차 뒷좌석에 앉아서 자신의 목숨을 지켜줄 가방 속에 들어 있는 총을 만지며 차창 밖을 바라보고 있다.

늦가을의 거리는 쓸쓸하고 슬퍼 보였다.

사람들은 서늘한 날씨에 추위를 느끼며 잔뜩 몸을 움츠린 채 그렇게 자신들이 향할 방향으로 서둘러 발길을 옮겼다.

이윤호가 탄 경차는 시내를 빠져나와 지금은 차도 지나가지 않는 한적한 시골 길로 접어들었다.

그는 자신이 가야 할 장소를 앞에 앉은 대리기사에게 자세히 설명해 주며, 자신만 그곳에 내려주고 이 경차는 다시 자신의 원룸 앞에 세워 달라고 부탁했다.

잠시 후, 그가 탄 경차가 목적지 100미터를 앞에 두고 마른 풀들이 우거진 좁은 길로 좌회전을 하는 순간, 대리기사는 앞에 움푹 들어간 웅덩이를 피하려 급히 급정거를 했다. 그 덕분에 이윤호가 손에 쥐고 있던 총이 차 바닥에 떨어졌고, 그는 그것을 다시 집으려 허리를 굽히고 오른손을 차 바닥으로 내렸다. 그런데 그 순간.

"탕! 탕!"

어디에선가 총소리가 들리더니, 그 두 발의 총알은 모두 경차로 날아왔다.

한 발은 차 운전석에 맞았으며, 다른 한 발은 차 엔진 부분에 맞았다.

운전석으로 날아온 한 발의 총알은 대리기사의 가슴에 맞았다. 이윤호는 얼른 대리기사의 상태를 살펴봤지만 의식이 없고 총을 맞은 곳에선 피가 계속해서 흘러나왔으며, 숨 또한 쉬지 않고 있었다.

"탕! 탕!"

다시 총소리가 나더니 앞에 앉은 대리기사의 몸속에 두 발의 총알이 모두 명중했다.

이윤호는 급히 바닥에 있는 총과 소음기를 잡고서 차량의 뒷문을 열고 그곳을 빠져나왔다.

칠흑 같은 어두운 밤에 그는 어디로 어떻게 몸을 피해야 하는지 혼란스러웠다.

급한 마음에 우선 경차의 뒷부분에 몸을 숨기고 마음을 가다듬었다.

우선 총이 어느 방향에서 날아오는지가 급선무였다.

그러면서 우측에 있는 작은 포대를 주워 그 안에 주먹만 한 돌을 넣고는 무작정 앞쪽으로 힘껏 던졌다.

"탕!"

총소리가 나면서 총구의 불꽃탄이 아주 짧은 시간동안 보였다.

2시 방향의 폐쇄된 예비군부대 위병소(군부대 정문안내소)에서 쏘고 있는 것을 확인했다.

그는 그곳의 10시 방향으로, 낮은 포복 자세를 취하고 아주 천천히 은밀하게 이동하고 있었다.

주변의 마른 풀과 칠흑 같은 어둠이 그를 숨겨주기에 안성맞

춤이었다. 상대방이 자신을 찾지 못하는 것처럼 자신 또한 상대를 찾지 못하는 것은 같은 이치이다.

그렇게 낮은 포복으로 드디어 부대의 담벼락에 도착했다.

팔꿈치와 무릎이 심하게 까지고 아팠지만, 지금 그것들을 아파할 여유가 없다.

그는 생각보다 낮은 부대의 담을 넘어가고는 다시 그 위병소 위치를 탐색했다.

어둠 속에서 위병소의 허름한 형체만 보일 뿐, 더 이상 아무것도 보이지가 않았다.

그가 다시 몸을 낮게 깔고 옆에 있는 폐농기구 쪽으로 이동하려는 순간, 다시 한 발의 총소리가 들렸다.

"탕."

총의 소음과 불꽃탄의 위치로 봐서는 지금 상대는 위병소가 아닌 군 막사 쪽에서 쏘는 것으로 추측되었다.

이때, 놈이 그에게 말을 걸었다.

"이봐! 아우님, 머리가 상당히 좋구만. 직접 운전을 하지 않고 이곳으로 오다니 정말 대단해……. 그러니 정민국을 죽이고는 그 시신을 포클레인으로 밟아서 흔적도 없이 묻어버리고, 또 변장을 해서 정민국이 대만으로 출국하고, 또 다른 일본인으로 위장해서 당일로 입국을 하다니 정말로 대단해. 내가 인정해주지."

저놈은 이윤호가 한 일을 토씨 하나 틀리지 않고 정확하게 모든 것을 다 알고 있었다.

"응. 그런데 궁금하지. 내가 어떻게 너에 대해서 이렇게 자세히 아는지가?!"

이윤호는 정말로 궁금했다. 그가 말하는 모든 것이…….

"아우님이 저승에 가기 전에 내가 궁금할까봐 특별히 이야기 해 줄 테니 잘 듣고 있으라고. 당신을 조사하려고 했던 시기는 8월 중순부터였어. 왜 조사를 시작했을까? 그건 말이지 내가 한 고객에게서 의뢰를 받았거든. 서울에 사는 한 아가씨가 오빠를 찾아 달라고 해서. 그래서 내가 모든 수단과 방법으로 그 오빠를 찾았는데 바로 그 오빠가 정민국이다, 이거지."

이윤호는 순간 정신을 차릴 수 없을 정도로 큰 충격을 받았다.

"왜, 충격 받았나? 그런데 충격을 받기에는 아직 일러. 다음이 더 중요한 내용이 있어서 말이야. 이 모든 사실을 내가 그 여자, 다시 말해서 정효진에게 알려줬었지. 그런데 말이야, 그 얼굴 예쁜 아가씨가 나에게 돈을 주면서 아우님을 꼭 죽여 달라고 부탁을 하는 것이 아니겠어? 그래서 난 그저 돈만 받고 당신을 황천길로 보내는 것이니 내 원망은 너무 하지 말았으면 해."

이윤호는 이 모든 사실을 듣는 순간, 눈에서 눈물이 나오기 시작했다.

그토록 보고 싶어 했던 오빠를 그 자신이 죽이다니. 그러면서도 자신을 만나고 친구가 돼 주었던 효진에게 미안함과 슬픔 때문에 이윤호는 자꾸만 눈물이 났다.

"이봐! 아우님, 오늘 혹시 여기 오기 전에 그 예쁜 아가씨가 전화했었지? 그게 그 여자와의 마지막 통화가 될 것이라고. 아이고 우리 아우님, 지금 울고 계신가? 울지 마! 곧 저승에 가면 정민국을 만나서 용서를 구하라고."

이윤호는 효진이 그런 사람이라고는 꿈에도 상상을 하지 못했다. 그러나 효진의 오빠가 어떤 죄를 졌는지 알았다면 과연 자신을 죽이라고까지 했었을까?

순간 정민국이 죽기 전에 무엇인가 들리지 않는 목소리로 반복되던 입 모양은, 바로 자신의 동생인 정효진을 애타게 부르고 있었다는 사실을 알게 되었다.

그러나 이윤호는 다시 정신을 차리고 놈에게 소리쳤다.

"이봐! 못된 사장, 당신은 내가 이곳에서 죽을 것이라고 믿고 있는데 그건 큰 오산이야. 내가 문자로 전했을 텐데. 아주 좋은 오동나무 관을 준비했으니 그 속에 들어가서 지금까지 못된 짓거리 했던 일들을 반성하라고. 돈이라면 구정물까지 처먹는 이 인간쓰레기야! 너는 죽은 정민국보다 더하면 더했지 덜한 것은 하나도 없어!"

그 말이 끝나자,

"탕! 탕! 탕!"

총알이 날아오며 이윤호의 머리 위에서 깨진 유리창 조각들이 쏟아져 내려왔다. 최대한 몸을 공처럼 둥글게 말고 반대편 폐군용 지프차로 몸을 숨겼다.

주변은 전혀 가꾸지 않은 듯 온갖 쓰레기와 잡초들이 있었고 진한 암모니아 냄새가 진동했다.

이윤호는 쓴 웃음을 지으며 총열 앞에 소음기를 서서히 돌리며 장착했다.

그런데 이때, 갑자기 뭔가 허전함을 느꼈다.

좀 전에 자신의 경차에서 너무 급하게 빠져 나오는 바람에 나머지 탄창들을 그곳에 놓고 온 것이다.

'빌어먹을…….'

최대한 총알을 아껴서 사용해야 한다. 그렇지 않으면 그는 진짜로 이곳에서 효진의 뜻대로 되고 말 것이다.

"탕! 탕!"

이때, 다시 이윤호에게로 쏘는 총소리가 났다.

이번에는 이윤호도 그쪽으로 두 발의 총을 쏘며 조금 더 앞쪽으로 이동했다.

"픽! 픽!"

'지금의 상황에서는 내가 훨씬 유리하다. 유리한 점을 최대한 이용해서 적을 무너뜨리자.'

그 순간 아주 약하게 놈이 탄창을 갈고 새로 장전을 하는 소리가 귀에 들렸다.

지금 적은 이윤호의 위치를 전혀 파악하고 있지 못하고 있는 것 같다. 그 이유는 지금 저 멍청한 인간쓰레기가 엉뚱한 곳으로 계속해서 총을 쏘고 있기 때문이다.

이윤호가 조용히 몸을 움직여 조금씩 놈의 주변으로 다가가고 있을 때, 그만 발밑에 있는 빈 깡통을 밟았다.

순간, 그 소리를 들은 놈은 소리가 난 이쪽으로 무차별 총격을 가하기 시작했다.

이윤호가 얼른 그 자리를 피하려는 순간, 작은 유리파편 하나가 오른쪽 손등을 스치고 지나갔다. 이윤호의 생각에는 그리 큰 상처라고 생각하지 않았는데, 손등 끝으로 무언가 액체 같은 것이 뚝뚝 떨어지고 있었다. 얼른 가지고 있던 손수건으로 베인 손등을 묶어 감쌌다.

내무반 건물을 가로 지르는 통로에는 또 다른 내무반 건물이 나타났다. 그곳 또한 어둡고 지저분해 보였다.

이윤호는 좀 전의 빈 깡통을 밟는 실수를 하지 않으려 약간 까치발을 들며 바닥을 끌듯이 최대한 소리 나지 않게 몸을 이동시켰다.

"이봐! 한 가지 물어볼 것이 있는데 들어주겠나?"

이윤호는 총알이 날아오지 않는 안전한 곳에서 놈에게 소리쳤다. 그러자 잠시 후, 놈이 이윤호에게 답했다.

"뭐든지 물어보라고. 황천 가는 길에 뭔들 못 들어 주겠어, 아우님."

"왜, 인생을 그렇게 사는 건가? 좀 더 행복하고 유익하게 살 수 있는 길이 많은데 말이야?"

"아하, 그게 그리도 궁금했어. 난 또 뭐라고……. 난 말이야, 이 세상에 돈이 최고라고 생각해서 돈 버는 일이라면 물불을 안 가리고 해왔지. 심지어는 사람까지도 죽여가면서 말이야. 어차피 인생사 왔다 가는데 뭐 그렇게 피곤하게 사는가?"

입가에는 침이 모두 마른 건조한 말투만이 흘러나오고 있었다.

이윤호는 놈이 말하는 순간을 이용해서 좀 더 가까이 놈의 위치가 있는 곳으로 다가갔다.

그리고 다시 몸을 숨기고 옆에 있는 작은 병을 집어 들고는 놈이 있는 쪽으로 힘껏 던졌다.

이윤호가 던진 작은 병은 놈이 있는 위치에서 깨지는 소리가 났다. 그러자 놈은 황급히 그곳에서 피하려고 다른 곳으로 이동하는 모습이 어둠 속에서 살짝 보였다. 이윤호는 그곳을 향해 총을 쐈다.

"픽, 픽, 픽!"

그러나 이윤호가 쏜 총알은 놈에게 명중하지 못했다.

마른 먼지 냄새와 화약 냄새가 서로 뒤엉켜 이윤호의 호흡기 속으로 들어오기 시작했다. 순간 기침이 나오려는 것을 간신히 참았다.

'도대체 저놈은 총알이 얼마나 남아있는 것일까?'

여기서 살아남을 수 있는 방법은 상대가 먼저 총알이 떨어지거나, 아니면 상대의 총알이 서로의 몸에 맞는 것밖에는 없는 것 같았다.

이윤호는 다시 정신을 가다듬고 주위를 살폈다.

무너진 벽 사이로 작은 창고가 보였다. 조심히 그곳의 창고에 다다르자 무수히 많은 마네킹들이 여기저기 뒤엉켜 쌓여 있었다.

이윤호는 그 중에서 가장 상태가 좋은 마네킹을 조심히 잡고 밖으로 나와 놈이 잘 볼 수 있게 그 마네킹을 고정시키고, 자신은 옆의 3미터 지점에 숨어 다시 작은 돌을 쥐고는, 이번에는 방금 전 세워둔 마네킹 앞의 드럼통에 힘껏 던졌다.

이윤호가 던진 돌은 드럼통에 정확히 맞으며 빈 깡통과 같은 소리를 냈다. 그러자 무차별 공격이 그 마네킹 쪽으로 퍼부어졌다.

"탕, 탕, 탕, 탕, 탕……."

엄청난 총격이다. 그 총격에 이윤호가 세워둔 마네킹의 오른쪽 팔과 머리가 박살이 나서 한쪽으로 기울어져 있다.

이윤호도 이때다 싶어서 총소리가 나는 쪽으로 총을 쐈다.

"픽, 픽, 픽!"

이번에도 둘은 서로에게 아무런 상처도 입히지 못했다.

놈은 아마도 열 발 이상은 쏜 것 같았다.

다시 놈이 새 탄창을 갈아 끼우는 소리가 들렸다.

'도대체 저놈은 탄창을 얼마나 가지고 온 것일까?'라는 생각을 다시 했다.

그렇게 여기에 있는 이윤호와 못돼먹은 사장은 상대방을 반드시 죽여야만 스스로가 살아남았다는 하나의 원칙 아래, 어느 덧 이 싸움의 종착역이 오고 말았다.

이윤호는 아껴서 쏜다고 했지만 지금 자신의 탄창에는 거의 총알이 바닥이 났을 것이다. 이것이 떨어지면 곧 죽은 목숨이나 다름없다.

그런데 이때, 저쪽 어둠 속에서 그놈이 어딘가로 급히 뛰어가는 모습이 보였다. 어둠 속에서 달려가는 방향을 예측했을 때에는 분명히 놈의 자동차로 뛰어가는 것이 확실했다.

놈의 차량은 연병장 한 가운데에 주차되어 있었다.

어두워서 확실히 보이지는 않았지만 윤곽으로 봐서 자신의 판단이 맞다고 그는 믿었다. 놈이 이윤호에게 노출될 것이 두려웠는지 갑자기 멈추고는 어디로 숨어버렸다.

이윤호는 그 자리에 주저앉고, 자신의 권총의 탄창을 빼서 남은 총알을 확인했다.

큰일이다. 남은 총알의 개수는 단 한 발만이 남아있을 뿐이다.

이윤호는 그 한 발의 총알을 왼 손에 꽉 쥐고 그 총알을 쥔 왼손의 주먹을 자신의 이마에 갖다 대고는 이렇게 기도했다.

'하늘에 계시는 부모님, 그리고 미희야, 제가 이 단 한 번의 기회로 적을 쓰러뜨릴 수 있도록 저에게 힘을 주세요. 제가 죽더라도 반드시 저놈을 먼저 죽이고 난 후에 죽어도 저는 여한이 없습니다. 제발 저를 지켜주세요.'

그리고는 쥐었던 왼손을 살며시 펴고, 그 작은 총알에 자신의 입을 맞추며 다시 탄창에 끼우고는 마지막 남은 총알을 총에 장전했다.

"착칵!"

이윤호는 다시 상체를 들어 놈의 상태를 파악하려고 그 주변을 두리번거리며 쳐다보고 있었다.

하늘은 달도 별도 아무것도 떠 있지가 않다.

이제부터는 이윤호에게 아주 불리하게 되었다.

그런데 이때, 갑자기 놈이 있는 곳에서 무엇인가 부스럭 소리가 나더니 검은 형상의 물체가 연병장이 있는 곳으로 다시 황급히 뛰어가는 모습이 눈에 포착됐다.

이윤호는 하마터면 마지막 남은 총알을 놈이 있는 쪽으로 쏠

뻔했다.

이윤호도 놈을 따라잡기 위해서 조심스럽게 뒤를 쫓아갔다.

놈은 이윤호가 뒤를 쫓아가는 것을 분명히 알고 있었을 텐데도 이번에는 무조건 앞만 보고 달리기 시작했다.

잠시 후, 놈이 숨을 헐떡이며 도착한 곳은 바로 연병장 가운데에 주차해 놓은 놈의 승용차였다. 이윤호의 예감이 옳았다.

승용차에 도착한 놈은 그제서야 이윤호가 뒤를 쫓고 있다는 사실을 알았는지 한 번 뒤를 살짝 돌아보고는 급히 승용차의 조수석 문을 열었다.

그 조수석 문이 열리자 칠흑같이 어두웠던 이곳에 작고 밝은 불빛이 일순간 이윤호의 눈에 들어왔다.

그것은 차량 안 실내등이 켜지면서 놈의 모습이 아주 뚜렷하게 보였고, 그 자리에 멈춰선 이윤호는 숨을 크게 한 번 내쉬었다.

자기 차량에 도착한 놈은 조수석 콘솔박스를 열어 그 속에서 무언가를 꺼내고 있었다. 아마도 탄창을 찾는 것 같았다.

순간 이윤호의 머릿속에서 기회는 이때밖에 없다는 신호가 왔다.

보통 일반인이 권총의 새 탄창을 갈아 끼우고 탄 알 일발을 장전하기까지는 삼초가 걸린다. 군 복무시절 이윤호는 일초 만에 권총의 탄창을 갈아 끼우곤 했었다. 그러나 저기 있는 놈은 그렇게 할 수가 없을 것이다. 이윤호는 그 삼초 안에 놈을 쓰러뜨려야 한다.

문득 지난 날 군에서 자신에게 권총사격을 교육하던 교관의 말이 생각났다.

『권총은 목표물을 보고 쏘는 것이 아니라, 먼저 가늠자와 가늠쇠를 정확히 보고 쏘는 것이라고.』

– 일초 –

이윤호는 총을 잡은 오른 팔을 차량 실내등이 켜진 놈의 목을 향하여 조준했다.

– 이초 –

숨을 멈추고 차분한 자세로 왼쪽 눈을 감고 가늠자와 가늠쇠를 일치시키고 나서 오른쪽 눈으로 놈의 목을 다시 한 번 조준했다.

– 삼초 –

"픽!"

방아쇠를 당기자 권총의 윗부분이 뒤로 물러나며 마지막 총알을 발사시키고, 빈껍데기 탄피는 총 옆구리로 튀어 나와 공중으로 날아가며 진한 화약 냄새가 주위를 감쌌다.

그렇게 이윤호의 총에서 날아간 총알은 깊은 어둠 속을 뚫으며 놈이 이윤호에게 총구를 겨냥하기도 전에 왼쪽 목의 경동맥을 관통하여 반대편으로 뚫고 지나갔다.

그 순간, 차 안에 켜져 있는 흰색의 실내등은 어느 덧 놈의 양쪽 목에서 뿜어져 나오는 붉은 색의 피로 인하여 아주 붉게 변해가고 있었다.

그렇게 놈은 차가운 바닥에 쓰러지고, 이윤호도 지금 서 있는 그 자리에 무릎을 꿇고 온 몸에서 느꼈던 긴장감을 쏟아내려 가쁜 숨을 몰아쉬며 그렇게 한동안 그 어둠 속에서 멍하니 있었다.

『 뉴스를 알려 드립니다. 경찰은 원주의 한 폐쇄된 예비군 부대에서 두 대의 불에 탄 차량을 발견하고 조사한 결과 불에 심하게 탄 시신 두 구를 발견했습니다. 그 중에 한 시신 옆에 떨어진 신분증에서 서른두 살의 이윤호라는 사람의 신분증이 발견됐습니다. 경찰은 다른 한 구의 시신은 훼손된 부분이 너무도 심해서 신분을 찾는 데 실패했다고 합니다. 그렇지만 두 구의 시신 중에서 경차에 있는 한 구는 이윤호의 시신이라고 단정 지었습니다. 』

이윤호는 지금 남대문시장에 있는, 그토록 그가 짝사랑했던 미술용품점의 점원을 가게의 투명한 유리 사이로 쳐다보고 있다. 그곳의 형광등 빛에 그녀의 머리에는 황금빛의 윤곽이 비치고 있고, 그녀는 아무 일 없었다는 표정으로 일을 하고 있다.

이윤호는 효진이 자신을 죽이라고 했다는 사실이 지금도 믿어지지가 않는다.

효진이 모든 것을 알고 있으면서, 단 한 번이라도 물어봤다면 그는 솔직히 그녀에게 이야기해 주었을 것이다. 그리고 이윤호 또한 경찰에 자수를 했을 것이고, 무엇이 그녀를 무서운 사람으로 만들었단 말인가? 그녀는 여전히 가게 손님들에게 친절한 미소로 그들을 편하게 대해 주고 있다.

이윤호는 맞은편 공중전화 박스로 들어가서 효진의 전화번호를 눌렀다.

"여보세요?"

그녀가 전화를 받았다.

"여보세요?"

이윤호는 아무 말도 하지 못하고 그냥 그녀의 마지막이 될 목소리를 들으며 눈에서는 눈물이 나오기 시작했다.

"여보세요? 전화를 거셨으면 말씀을 하셔야죠!"

그리고는 전화가 끊겼다.

이윤호는 그곳에서 나와 모자를 깊게 눌러쓰고는 다시 한 번

효진이 있는 가게를 향해 쳐다봤다.

효진이 의자에 앉아서 뭔가를 생각하는 것 같다.

"잘 있어요, 효진 씨."

이윤호는 들을 수 없는 효진에게 이 말을 남기고는 다시 그가 가야 할 길로 향하고 있다.

9. 나에게 잡히지 말아라

시간은 저녁 11시 20분. 이윤호는 때 묻은 검은색 모자를 깊게 눌러 쓰고는 서울의 변두리 작은 PC방에서 누군가를 계속해서 주시하며, 그가 빨리 이곳에서 나가기를 기다리고 있다.

이윤호가 앉은 맞은편 옆자리에는 게임을 하면서 자꾸만 돈을 잃는지 혼자서 들리지 않는 목소리로 조잘대고 있다.

무려 일곱 시간 동안이나 저놈은 전혀 움직이지 않고 오로지 게임에만 집중하고 있다. 그 덕분에 이윤호도 지금 이 자리에서 저놈과 똑같은 자세로 똑같은 시간을 보내고 있다.

이윤호의 컴퓨터 화면에는 지난 몇 달 동안 있었던 온갖 흉악한 범죄들을 검색하고 아직도 잡히지 않는 몇몇 인간쓰레기들을 찾기 위해 여러 가지 정보들을 규합하고 있다.

오늘 그가 분리수거를 해야 할 인간쓰레기는 지금 열심히 게임에 집중하고 있는 놈이다.

이름은 그냥 인간쓰레기, 나이는 46세, 한 달 전에 11살 어린 초등학생을 과자를 준다고 꾀어 강제로 성폭행한 후에 목 졸라 죽이고, 시체는 차디찬 강물에 유기한 죄다.

경찰에서는 이미 지명수배를 내렸지만, 놈은 요리조리 경찰의 포위망을 피해가면서 지금껏 잘 살고 있다.

이윤호는 놈을 잡기 위해서 지난 몇 주간 그가 가지고 있는, 아니 그 못돼먹은 사장의 돈으로 놈의 관련된 정보를 사서 지금의 결과를 얻었다고 할 수 있겠다.

비록 지금은 저승에서 뭘 하는지는 모르겠지만 그가 모아둔 돈 덕분에 이윤호는 이 세상의 인간쓰레기들을 찾는 데 그리 어렵지 않게 분리수거할 수 있게 되었다.

혹시라도 지금 저승에서 이윤호를 보고 있을 못돼먹은 사장에게 한마디 한다면 이렇다.

'당신이 못된 짓거리로 모은 돈들을 내가 그 못된 인간쓰레기들을 분리수거하는 데 쓰고 있으니 너무 억울해 할 것은 없다고 생각한다. 마지막으로 저승에 가면서도 한 가지 좋은 일을 하고 가서 그나마 다행이다. 부디 저승에서 죗값을 받고 다음에는 착한 인간으로 다시 환생하거라……'.

그러는 사이 놈이 움직이기 시작했다.

놈은 자리에서 일어나 먹다 남은 콜라를 단번에 들이키고는 그 자리에 서서 기지개를 힘껏 펴고 있다. 이윤호는 놈이 눈치 채지 않게 그가 등을 보일 때까지 자리에 앉아 모자를 눌러쓰는 척하면서 슬쩍 놈의 동작들을 훔쳐봤다.

놈이 카운터에 계산을 하고는 밖으로 나갔다.

이윤호도 얼른 카운터에 만 원짜리 하나를 주고 재빨리 놈의 뒤를 쫓기 시작했다.

적당한 거리를 유지하면서 놈이 자신을 볼 수 없도록 이윤호는 길 건너편의 가로수 사이로 천천히 걷고 있다.

놈은 길을 걷고 있으면서도 먹잇감을 찾으려 주변을 조심스럽고 침착한 행동으로 살피고 있었다. 이윽고 가까운 곳에 약간 술에 취한 한 여성을 보자 날카로운 눈빛으로 쳐다보며 놈이 원하고 있는 악의 본능대로 몸은 따라가기 시작했다.

이윤호는 앞에 주차해 있는 승용차에 몸을 숨기고 저놈의 행동을 지켜보기로 했다.

"이봐! 아가씨, 지금 시간이 몇 시나 됐나요?"

몸을 이리저리 비틀고 혀는 반쯤 꼬인 발음으로 여자는 놈에게 귀찮다는 듯 말한다.

"몰라요, 몰라. 저리 비켜요!"

주변은 아직도 차량과 몇몇의 사람들이 지나가고 있었다.

"이봐! 아가씨, 나랑 술 한 잔 더 할까?"

그러면서 놈은 여자의 팔을 잡으며 억지로 끌고 가려는 동작을 취하기 시작했다.

"비켜! 귀찮으니깐, 비키라고."

여자는 놈에게 빠져나오려고 했지만 놈의 두 팔은 이미 여자의 두 팔과 허리를 감싸 안았다.

"자, 자. 내가 집까지 바래다줄게. 아가씨, 집이 어디야?"

"우리집?"

여자는 여전히 혀 꼬인 말투와 중심 잃은 자세로 말한다.

"우리집, 바로 저기야."

"알았어. 내가 바래다줄게 가자."

놈은 여자와 일행인 척 다른 사람들의 시선을 따돌린 채 어느덧 두 사람은 후미진 골목길로 접어들었다.

잠시 후, 인적이 드물고 어두운 공사장에 다다르자 놈은 입고 있는 외투 속에서 무언가 꺼내는 동작이 보였다.

그러는 와중에도 여자는 이리저리 몸을 비틀며 놈이 거느리는 장소로 끌려가고 있었다.

이윤호는 놈이 여자에게 무슨 짓을 하려고 하는지 알 수 있었다.

이젠 더 이상 보고 있을 수만은 없는 것 같았다.

놈이 외투 속에서 꺼낸 것은 칼이었다. 칼은 작고 가벼운 것처럼 보였지만 상당히 날카로운 모습을 하고 있었다.

이윤호는 천천히 그들이 있는 곳으로 가서 이렇게 말했다.

"이봐, 인간쓰레기!"

순간 이윤호를 보고 놈은 옆에 있는 여자를 그에게 밀치고 도망가기 시작했다. 중심을 잃고 바닥에 넘어지려는 여자를 잡고, 옆에 있는 승용차의 유리창을 이윤호가 가지고 있던 작은 도끼로 내리쳤다. 그러자 그 승용차는 도난방지 소음을 내면서 방향지시등이 깜빡이기 시작했다.

이러면 아마도 주변에서 사람이 올 것이다. 그러면 최소한 이 여성은 안전할 수 있을 것이고······.

그리고는 방금 도망간 놈을 잡기 위해서 있는 힘껏 뛰기 시작했다.

1킬로미터를 이리저리 도망가는 놈은 체력이 소진됐는지 달리는 속도가 눈에 띄게 줄었다. 그런데 범죄자들의 공통된 특징 중의 하나는, 항상 도망칠 때에는 사람들이 없고 후미진 곳으로 도망을 간다는 것이다.

'멍청한 놈들, 나 같으면 복잡하고 사람들 많은 곳으로 도망을 가야 잡힐 확률이 더 적을 텐데······.'

아무튼 스스로 사람이 없고 후미진 곳에서 이윤호에게 잡혀준다면 그로서는 참으로 고마운 일이 아닐 수 없다.

그렇게 놈은 얼마 못가서 이윤호에게 잡혔다. 그리고 이윤호가 놈에게 다음과 같은 상황을 알려주려고 할 때 갑자기 놈이 가지고 있던 칼로 그를 위협했다.

"너 뭐야! 이 새끼야, 죽고 싶어!"

이윤호는 그런 놈에게 자신이 가지고 있는 소음기가 장착된 권총을 내밀었다.

"칼 버려!"

이 한마디에 놈은 칼을 바닥에 버리고는 이윤호에게 전혀 낭만적이지 않은 변명으로 이 순간을 어떻게든 피하려 하지만, 거짓으로 얼룩진 변명을 듣자 이윤호의 얼굴에는 공허한 웃음만이 가득했다.

이윤호는 놈에게 작은 액체용 본드를 던졌다.

"자, 이걸로 당장 너의 입술에 바른다."

그것을 본 놈이 이윤호에게 묻는다.

"이건 강력접착제인데 왜 이걸 입술에 바르라고 하는데……."

놈을 무섭게 노려본 이윤호가 이번에는 권총을 장전했다.

"알…… 알았어, 바를게……."

뚜껑을 열고 입술에 몇 방울을 묻히고는 입술을 여러 번 움직이자 순식간에 위아래에 있는 입술이 붙어버렸다.

놈은 그 순간 고통스러워하면서 두 손으로 입술을 만지기 시작했다.

두 입술이 완전히 붙은 것을 확인한 이윤호는 놈에게 가까이

가서 좀 전에 하려는 말을 다시 시작했다.

"허튼 수작 부리지 마. 그럴수록 너의 명만 더 재촉할 따름이다."

이 말에 놈은 뒤로 몇 걸음 더 물러서고는 공포에 떠는 두 눈으로 이윤호를 보고 있다.

소한 추위가 맹위를 떨치는 겨울이지만, 지금 이윤호와 그 앞에 입이 붙어 있는 인간쓰레기는 온 몸에서 땀이 나와 속옷과 내복을 모두 적셨다. 놈을 쫓아가느라고 이윤호 또한 숨이 차고 힘이 들었지만, 놈에게 약한 모습을 보이는 것이 싫어서 그는 겉으론 아무렇지도 않은 척 그렇게 또박또박 다음과 같은 사항들을 놈에게 들려주었다.

"너는 인간으로 태어나서 인간이 할 수 없는 짓을 하고, 또 거기에 반성하지 못하고 또 다시 흉악한 짓거리를 하려고 했고, 또 그렇게 했다. 그 어린 생명이 너에게 죽어가면서 무슨 생각을 했을까? 살아야 한다는 집착, 아니면 아무런 이유 없이 그저 과자를 얻어먹으려는 욕심 때문에, 아니면 반항할 힘이 없어서 아무런 이유 없이 죽어야 한다는 선택할 수 없는 두려움……. 넌 그런 어린 생명이 그렇게 너의 욕구를 해결하는 도구로만 이용했지, 그 어린 생명의 고통은 손톱만큼도 생각하지 않은 채 말이야."

이 말을 듣고 있는 놈은 아직도 가쁜 숨을 몰아쉬고 있다.

"우리의 법은 너에게 죄를 묻기에는 너무도 미욱한 부분들이 많다. 우리의 법은 너 같은 인간쓰레기에게 무조건 사형을 내리는 것에 인색하지, 네가 형기를 끝내고 다시 이 사회로 돌아온다면 다시 너의 손에 피해를 볼 우리의 선량한 사람들이 분명히 존재하는데도 말이야. 그러나 그중에서도 본인의 죄를 뉘우치고 새로운 삶의 인생으로 새롭게 시작하는 사람도 있다. 도대체 너는 그러한 사람이 되지 못하고 왜 여기에 있는지 통탄할 따름이다."

놈의 눈은 점점 공포에 사로잡힌 눈으로 변해가고 있다.

그러면서도 한 손으로 붙은 입술을 만지고 있다.

"따라서 너 같은 인간쓰레기를 이 사회에서 영원히 분리수거하여 조금이라도 이 사회의 선량한 사람들이 다치지 않게 하는 것이 나의 희망이며 목표이다. 짐승만도 못한 인간쓰레기들을 내가 직접 잡아서, 범죄로 물든 이 사회를 조금이나마 정화하는 데 평생을 바칠 것이다."

이윤호는 이 말을 다 끝내고 서서히 놈에게로 다가갔다.

순간 놈은 도망을 치려고 이리저리 주변을 살피고 있다. 매우 흥분된 몸짓으로. 그러나 이윤호에겐 그러면 그럴수록 놈을 더 고통스럽고 잔인하게 죽여야겠다는 고정관념만이 앞설 따름이다.

이윤호는 오른 손에 들고 있던 권총으로 놈의 왼쪽 무릎을 쐈다.

그러자 놈은 비명을 지르고는 있지만 입이 붙어 그저 끙끙대는 물개소리만 낼 뿐 총알이 박힌 왼쪽 무릎을 만지며 고통스러워하고 있다.

이번에는 반대편 무릎을 총으로 쐈다. 그러자 놈은 그 자리에서 무릎을 꿇고는 그 자세로 흘러나오는 피를 막으려 양 손으로 그곳을 감싸고 있다.

하늘에는 초승달이 떠 있다. 그 작은 달빛에 놈의 무릎을 봤다. 역시 저런 인간쓰레기의 피도 선량한 사람들과 같은 붉은색의 피를 가졌다. 지난날 자신이 염산공장에서 처리했던 놈과 같은 색깔의 피가……

이윤호는 자신이 만약에 인간을 만든다면 그 인간이 태어나는 동시에 우윳빛 색의 피로 태어나고 점점 자라면서 착하게 살면 그 우윳빛을 유지할 수 있으나, 그렇지 못한 생활을 한다면 조금씩 색이 검게 변하도록 만들 것이라고 생각했다. 그렇게 한다면 인간은 자신이 가지고 있는 색의 피를 유지하려고 착하게 살 것이고, 그렇지 못한 사람은 쉽게 다른 사람들로부터 구분이 될 것이기 때문이다.

이 얼마나 쉬운 방법으로 범죄를 예방할 수 있겠는가?

시간이 조금 지나 양쪽 무릎에서 나오는 피는 어느덧 놈이 있는 주변을 흥건히 흐르기 시작했다. 이제 총은 자기 바지 허리띠 사이에 끼운 그는, 이번에는 왼손에 들고 있던 작은 도끼를 다시 오른손에 쥐고서 서서히 놈에게로 접근했다.

이윤호가 다가가자 놈은 앉은 자세에서 두 팔로 몸을 뒤로 옮기려 힘을 쓰지만 이미 많은 피가 흘렀고, 바닥난 체력 때문에 그 자리에 누워 두 개의 콧구멍으로 가쁜 숨을 쉬고 있을 뿐이다.

"너는 고통 없이 죽기에는 너의 죄가 너무도 크고, 어쭙잖은 자비심도 너에게는 과분하다."

그리고는 오른손의 작은 도끼로 놈의 양쪽 발목을 내리쳤다.

피는 이미 몸에서 흘러나와 약간씩 줄지어 나왔고 그 덕분에 놈의 피가 그의 몸에 묻을 일은 없어서 다행이었다.

"자, 어떤가? 그러나 이게 끝이 아니야!"

이번에는 놈의 한 쪽 팔을 자신의 왼 발로 밟고서 다시 도끼로 내리쳤다. 순간 팔은 잘려졌지만 그 잘려진 팔의 손가락은 더 이상 나쁜 짓을 하지 못하는 아쉬움이 있는지 작게 움직이고 있다.

이윤호는 자신이 쓴 모자를 벗고 놈의 얼굴에 얼굴을 가까이 대고는 이렇게 말했다.

"자, 이제는 여기까지다. 앞으로 너는 살아봐야 한두 시간이다. 남은 시간동안 아직도 끝나지 않은 고통을 받으면서 네가 잘못한 일들을 반성하고 다음 생에는 부디 착한 인간이 되어 잘 살길 바란다."

이 말을 남기고 그는 도끼에 묻은 피를 놈의 외투에 몇 번 닦아내고는 그 자리에서 일어나 반대편의 어둠 속으로 걸어 갔다.

『 뉴스를 알려드립니다. 지난 달 초등학생을 성폭행하고 시체를 강가에 유기했던 범인이 어제 저녁 근처를 순찰 중이던 경찰에게 발견되었습니다. 한 쪽 팔과 두 다리가 모두 잘려나간 상태에서 추운 날씨에 동사한 걸로 추정된다고 경찰은 발표했습니다. 경찰은 누가, 왜 이런 잔인한 방법으로 범인을 살해했는지 수사에 나섰다고 합니다. 』

4월 말의 날씨는 맑지만 모래사장으로 불어오는 바람은 시원함보다는 피부가 나와 있는 모든 부위를 짧은 시간 만에 식혀버릴 정도로 추위를 느끼게 한다.

방파제 밑에 온갖 해초류를 감싸 안은 바위와 작은 조약돌들. 파도는 그 방파제와 바위에 부딪히며 그때마다 흰 거품을 일으키며 사라지곤 한다.

어린 꼬마어부가 낚시를 하는지, 작은 낚싯대를 바다로 던져놓고 고기가 잡히지 않는지 자꾸만 낚싯대 끝을 쳐다보며 한 손에는 비어있는 고기 그물망을 만지작거리고 있다.

이윤호는 지금 동해안의 어느 작은 어촌마을에서 그가 찾고 있는 인간쓰레기를 잡으러 왔다. 아니 분리수거하기 위해서가 더 옳은 말이다.

이곳에서 처리할 인간쓰레기는 노름판에서 모든 재산을 탕진하고 그 노름빚과 자금을 얻기 위해 가족과 부모를 모두 살해한 놈이다. 살해 후 놈은 불을 지르고 그 사망 보험금을 타려했지만, 보험사의 의심으로 몇 달간 경찰의 포위망을 뚫고 지금은 이 마을에 숨어 있다는 첩보를 받고 이윤호가 직접 이곳으로 온 것이다.

이 사회에는 엄청난 죄를 짓고도 버젓이 이 사회의 구성원으로 가장하여 선량한 사람들을 못살게 하는 인간쓰레기들이 존재하고 있다.

우리가 흔히 어디든 눈만 돌린다면 주변엔 쓰레기통이 있고 그 쓰레기통에는 각종 생활쓰레기가 들어 있다는 사실을 쉽게 볼 수가 있다. 그렇지만 그 생활쓰레기들은 잘만 사용하면 다시 재활용할 수 있는 우리의 자원으로 다시 태어난다.

그러나 인간으로 태어나서 결코 재활용이 될 수 없는 인간. 그 인간쓰레기들은 요리조리 법망을 피해가며 온갖 악행을 저지르고 있다. 그 짐승만도 못한 인간쓰레기들을 이윤호 자신이 직접 잡아서 이 사회에서 영원히 분리수거, 범죄로 물든 이 사회를 조금이나마 정화하는 데 평생을 바치고자 한 것이다.

이윤호가 그 자들에게 강력하게 경고한다.

"지금이라도 경찰에 자수하여 반성하고 피해자에게 평생 속죄하는 자세로 더러워진 너희들의 몸과 마음에 아주 작고 깨끗한 양심과 선한 옹달샘을 만들길 바라고, 설령 그것마저도 싫다면 내 손에 잡히지 말고 꼭꼭 숨어 있어라. 그것만이 너희들이 사람으로 살 수 있는 마지막 희망이 될 수 있으리라. 그러나 내 손에 잡히는 순간 너희들의 모습은 처참히 사라지고 말 것이다. 인간쓰레기에게는 분리수거만 있을 뿐 재활용이란 절대로 있을 수 없기 때문이다.

혹시나 너희들이 알지는 모르겠지만, 그 옛날 고대 바빌로니아의 함무라비왕이 살았다고 한다. 그 왕은 피해를 받은 피해자가 가해자에게 받은 만큼의 고통을 똑같이 갚아주도록 하는 '동해보복법'이란 법을 만들었다. 그때의 법은 참으로 잔인하고 무서운 법이라고, 지금의 사람들은 이야기하고 있다. 그러나 나는 그렇게 생각하지 않는다. '눈에는 눈, 이에는 이', 이 얼마나 공평한 법 집행이란 말이냐?

이 법이 오늘 날 이 사회에서는 없다고는 하나, 나는 너희들을 위해서 바로 그 함무라비법을 준수하고 집행하겠다.

나도 너희들이 한 만큼의 죄를 찾아내어 그 공평함을 갖도록 하겠다. 그리하여 이 사회의 범죄자들에게 본보기가 되어 미약

한 너희들의 준법정신을 조금이라도 상기시킬 수 있도록 하였으면 하는 것이 나의 간절한 소망이다.

기독교에서는 죄인을 용서하라고 하며, 불교에서는 자비를 베풀라고 하신다. 그러나 나는 안타깝게도 기독교인도, 불교인도 아니다. 단지 인간쓰레기들을 청소하는 청소부일 뿐이다.

악은 악으로써 그 악을 응징할 것이며, 그와 동시에 선을 지킬 것이다.

'나의 피부를 그들에게 주고, 나는 그들의 뼈를 끊을 것이다. 영원히……'"

끝

작가의 말

여러분, 어떻게 읽으셨습니까?

독자들께서 상상하신 결말과 일치하셨습니까?

첫 작품을 여러분들에게 선보인지 딱 1년 만에 다시 찾아뵙는 두 번째 작품입니다.

필자는 개인적으로 이 세상에 삶의 보편적인 윤리의식에서 봤을 때, 인간은 서로 믿고 신뢰에 따라 그 구성원들의 행복감과 만족도 또한 변화된다고 생각합니다.

여기 한 사람을 살해하고, 아니 두 사람을 죽게 하고 그 범인을 찾아 잔인하게 복수하여 완전범죄를 성립하려는 주인공의 이야기는 우리가 살고 있는 이 세상에서, 과연 윤리적 또는 도덕적으로 옳다고 할 수 없는 또 하나의 큰 범죄입니다.

필자는 이번 작품을 통해서 지난 《잠자리 머리핀》과 같이 이 사회에서 성실히 법을 준수하고, 인간과 인간이 서로 누릴 수 있는 행복과 기쁨을 누리고 나누는 사회를 만들자는 필자의 소신에서부터 시작되었다고 말씀드립니다.

이 세상에 정말로 이 소설의 주인공처럼 사는 사람이 있다면 여러분들께서는 어떤 생각을 하시겠습니까?

아무리 생각해도 주인공의 행동, 즉 분명히 법을 어기고 살인을 한 것은 있을 수 없는 일이겠지요.

하지만 법으로 처리할 수 없는 흉악범들을 우리를 대신해 잡아서 그에 걸맞은 죗값을 치르게 한다면 또 다른 생각을 할 수도 있겠고요.

그러나 그것은 소설일 뿐 현실에서는 일어날 수는 없는 일이고 또 일어나서도 안 되는 것이지요.

필자는 개인적으로 어린 아이들을 무척이나 좋아합니다.

그 이유는, 그 아이들의 천진난만한 모습과 특히 초롱초롱한 맑은 눈을 볼 때면 필자의 마음도 잠시나마 아이들처럼 깨끗한 몸과 마음으로 정화되는 느낌을 받기 때문입니다.

아무리 이 사회가 살기 무섭고 흉측한 범죄가 난무하고 있어도 우리가 있는 지금의 인간 사회는 그래도 착하고 성실하며 또 정의로운 사람들이 더 많다는 것을 증명하고 있습니다.

이 두 번째 작품도 필자 이승욱은 첫 작품에서 놓쳤던 문학적인 부분들을 이곳에 보충하려 노력했고, 독자분들께서 읽기 쉽고, 이해하기 쉽게 하려고 신중을 기울였습니다.

아직은 초보적인 작가의 글을 읽어주시는 단 한 명의 독자분이 계시는 한, 필자 또한 그분들께 실망시키지 않는 작품으로 다시 선보일 것입니다.

  이 세상에서 책을 읽으시는 모든 분들에게 사랑과 존경을 표하며…….

  이승욱

이 책에 도움을 주신 분들

사랑하는 부모님과 장민경과 장민서

대한검도회 정릉검도관 김종호 관장님 외 관원 여러분

문학인 동료 이윤호

절친한 친구 권남욱과 동창생 변병용, 국태현

도서출판 BG북갤러리 출판사 관계자 여러분

모두 진심으로 감사드립니다.